Goosebumps™

HorrorLand

鸡皮疙瘩 惊恐乐园

系列

网购魔血 ● 面具尖叫

WANGGOU MOXUE ● MIANJU JIANJIAO

[美] R.L.斯坦 著

叶 芊 译

接力出版社
Publishing House

目录

网购魔血

欢迎来到惊恐乐园③

 **面具尖叫**

欢迎来到惊恐乐园④

网购魔血

寻人启事

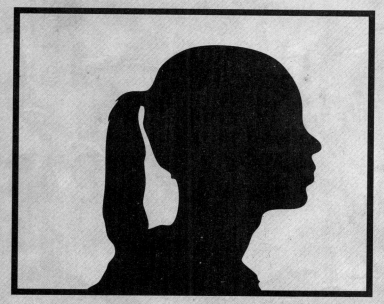

布兰妮·科斯比
年龄:12岁

特征描述：棕色头发，棕色眼睛。身穿红黄相间背心裙，于黑礁湖水上乐园走失。

本启事由
怪兽警察局签发

1 万恶的蠕虫

我的名字叫马特·丹尼斯，我的恐怖经历开始于一顿平常的早餐。在我家，"平常"意味着"烦死人"。因为，在我和妹妹莉薇刚刚吃完早饭的时候，有人来了，是谁呢？

隔壁家的男孩，布莱德利·沃姆瑟。

全校同学都叫他"蠕虫"（注：与"沃姆瑟"谐音），这个外号对他来说，再恰当不过，相信我没错。

几乎每一天早上，布莱德利都会出现在我家厨房里，时机恰恰好，就在我和妹妹刚吃完早餐的时候。接着，他就会把能弄到手的东西全都吞下肚去。

他瘦得要命，很难相信只要我们同意，他可以把餐桌上的东西一扫而光。他真的很像一条细细长长的虫子，还戴着眼镜！

有一天，我冒出一个念头：把果酱馅饼用胶水粘在桌面上。当布莱德利吭哧吭哧，怎么拿也拿不起来的时候，他脸上的表情一定很好看！

我很善于发明创造，对科学非常感兴趣，而且，我还是个运动好手。

但这些长处，在对付蠕虫的时候却一点用都没有。他已经快把我逼疯了！

这天早上，布莱德利趁我妈妈背过身去，把一只肥嘟嘟的死苍蝇扔进了我的麦片粥里。我盯着那漂浮在麦片粥上的苍蝇直发呆。

"哟，"布莱德利说，"你不想吃了吧，是不是，马特？里面有只死苍蝇哦。"

他伸手从我面前拿走那只碗，扣在脸上，把麦片粥通通倒进了嘴里，然后噗的一声，把苍蝇吐在了地板上。"味道不错，"他说着用莉薇的袖子抹了抹嘴巴，"煲得有点儿太煳了。"

"放开我！"莉薇大叫。

他伸手在离她的鼻子只有一寸远的地方打了个响指，一副自鸣得意的样子，可是莉薇却讨厌透了。

妈妈一点都不知道布莱德利有多烦人。

她正在洗碗池旁洗东西。"妈妈，可不可以再给我一碗麦片粥？"我问道。

"不行，马特，"她头也不回地说，"你得控制体重了，你有一场重要的游泳比赛就快到了，记得吗？"

肚子咕咕叫，我恼火地用手从莉薇的碗里抓起一团泡湿的干玉米片——抹在了布莱德利的鼻子上。

妈妈转过身来。"马特！"她瞪起眼睛，向我喝了一声，"不要糟蹋粮食！"

"对啊，马特，别糟蹋粮食。"布莱德利嬉皮笑脸地学了一句。

等妈妈刚一转过身去，他立即伸手去抓莉薇的果酱馅饼。

莉薇出手如风，抢先拿到手里，这时妈妈正好又转过身来，看到后又是一声呵斥："莉薇，别争东西！"

"可是，妈妈——"

知道了吧？布莱德利的名字就叫做"烦——人——"。

这个星期是我一生中最重要的日子，我不要布莱德利出现在我面前。

我很想发明一个东西，让这个讨厌鬼立即消失。也许我可以有话直说，请他消失，但这样有几个问题。

首先，他就住在我家隔壁。他的妈妈和我的妈妈是搭档，一起在家做替人筹备宴会的生意。

也就是说，莉薇、布莱德利和我总是会凑在一起。

还有一个很大的问题：布莱德利崇拜我。

这天早上，布莱德利的"魔爪"在我崭新的游泳锦标赛 T 恤衫上摸了个遍。"马特，这件衣服可以送给我吗？你在哪儿弄到的？真棒！你穿有点儿嫌小啊——不是吗？"

他总是在穿着上模仿我，以为这样就能受人欢迎。真可怜，是不是？

这家伙还是个话篓子："昨晚家庭影院频道的恐怖电影你看了吗？叫《魔爪》的那部，地下室里伸出两只魔爪，抓住那个小孩的肩膀，可把我吓坏了，你看到了吗？"

他伸出两只手，抓住莉薇的肩膀："就像这样。嗬——嗬！我是邪恶的魔爪！"

"住手！放开我！"妹妹尖声叫道。

"莉薇，"妈妈责备道，"友好一点。"

布莱德利哈哈一笑，等我妈妈离开厨房，又从书包里掏出一只橙黑相间的小罐子："马特，看看这个。来吧，打开盖子，你敢吗？"

我呻吟了一声："这又是什么？"

虫子占据了他所有的网上时间。他玩那些科幻类的虫子游戏一直到半夜，还邮购各种各样稀奇古怪的东西。

他把罐子朝我推过来："来呀，打开看看。"

我把他的手拨了回去："不。"

他抓住盖子开始扭，扭着扭着，突然，他眼睛瞪得老大，脸上的笑容倏地不见了。"小心!"他厉叫一声，"它要爆炸了!"

2 倒霉的金星岩石

嘭！盖子打开，随后当啷一声落到地面上。我往里面看去，空的。

布莱德利哈哈大笑。

紧接着，我闻到了一种味道。罐子里散发出一股浓重的气味，潮湿腐烂的气味，像死鱼，但是比死鱼更难闻，又像放了一年的坏牛奶。

"啊——"我捂着胃，痛苦地哼了一声，屏住了呼吸。

来不及了，那恶心的味道已经被我吸进鼻子里，现在，我的舌头上都是这股味道！

"呃……"我的胃里翻江倒海，早餐直往上涌。

我跳起来就往浴室冲。莉薇大声地作呕，紧跟在我身后，一只手紧紧地捂着嘴。

布莱德利在我身后捧腹大笑，笑声就像驴叫一样惹人讨厌。

我靠在洗手盆上，深深地吸了好几口气，终于保住了胃里的早餐。不过那股恶心的气味还留在我的鼻子和嘴巴里，连衣服上都闻得到。我看了一眼时钟，没时间换衣服了，看来今天我得在学校里散发一整天过期牛奶的臭气了！

我有气无力地回到厨房，布莱德利还在为自己的蠢把戏笑个不停。"真好玩！"他说，"你们俩脸都绿啦！哈哈！"

他拿起空罐子："你看看。"

标签上的黑体字写着：臭气弹。派对宝物！

莉薇的眼里含着泪水，两手紧紧地握成了拳头。我知道，她想杀掉布莱德利。我也一样，但我们又能拿他怎么样呢？

"你们俩好臭啊！"他说着，又发出几声驴笑。

每天早上，有什么比跟布莱德利结伴上学更让人尴尬的事呢？莉薇跑了，红色的马尾辫在脑后一甩一甩的。"再见，两只傻蛋！"她喊了一句。

我被他缠住，想跑也跑不掉。

我家离桑迪山中学只有三个街区，但有这条蠕虫在旁边，那简直是漫漫长路。

"我也有一对这样的运动鞋，"布莱德利重重一脚踩在我的脚背上，"但我的没磨得那么破。"

"饶了我吧。"我嘟囔着。

他向前跑了几步，然后转身伸出一只手，顶住我的胸口，让我停下来，接着又打开背囊，在里面掏着什么。

"你要发誓，不告诉别人，"他小声说道，"我带了一个从网上买的东西，一定会让史考特先生大吃一惊。"

"别来了，"我说着赶紧从他身边跳开，"如果又是臭气弹，还是你自己留着吧！"

"不是，这一次是认真的，"他挥手从粘成一绺一绺的褐色头发上赶走一只苍蝇，然后从背囊里掏出了一只小瓶子，"不是开玩笑，这是一件了不得的大事。"

一辆校车从我们身边经过，转入了威利士街，我左右张望了一下，除了我们，附近没有别的孩子。"布莱德利，我们要迟到了。"我说。

我讨厌迟到。我是一名游泳选手，记得吧，我喜欢当第一个，而不是最后一个！

布莱德利旋开小玻璃瓶的盖子，我看到里面是一块形状不规则的白色石头。

"知道这是什么吗？"布莱德利问道，褐色的眼睛里放出光来，"量你也猜不到，这是金星上的石头。"

"啊？"我叫了起来，"你开什么玩笑？布莱德利，你居然会相信这么白痴的……"

"你才白痴呢，马特！"他喊道，"是真的。是我们国家的一个太空探测器带回来的，地球上只有十块，我通过拍卖弄到手的，只花了二十美元，你相信吗？"

我只能摇摇头，不知道说什么好。布莱德利和我都是十二岁，这个年纪应该已经知道，花二十美元买到从金星上带来的岩石是不可能的。

他把石块从瓶子里拿出来，小心翼翼地放进我手里。"史考特先生会看好这个吗？"他问道，"别太忌妒了，马特，不过，这东西确实会让我在'科技作品大奖赛'上夺得大奖。"

"科技作品大奖赛"是件大事，好几个星期以来我都在忙着准备自己的作品。

史考特先生是我们的数学和科学课老师，而且，他还是桑迪山的名人。

他过去是个航天员。今年，他在我们学校组织了一场科技作品竞赛，他说，他的所有学生当中，作品最有创新精神的，可以得到他提供的五百美元奖金，还有免费参加一个月"美国宇航员夏令营"的机会。

很酷，不是吗？

作为本校的科学迷，大家都觉得我会交出一份很精彩的作品，我也认为自己的设计相当棒。但是再精彩，又怎么比得过一块从金星带回来的石头？它不可能是真的，对吧？

我拿着石头，翻来覆去地研究。这块石头是纯白色的，有点像白垩，摸上去冰凉冰凉的。

"哇塞，慢着！"我把石头凑到眼睛前面，仔细辨认刻在上面的小字。

"你搞什么鬼？"布莱德利说，"还给我！"

"布莱德利，大事不好，"我说，"你没看到上面的小字吗？"

他眨巴眨巴眼睛："小字？"

我点点头："嗯，写着'中国制造'。"

"别搞笑了！"他叫道，"一点都不好笑！"

他从我手里一把抢过石头，凑近一看，顿时呆若木鸡。

我没捉弄他，上面真的写着"中国制造"。

布莱德利耸了耸肩。"没什么大不了的。"他说。

布莱德利每天要把这句话说上一百遍。"没什么大不了的……没什么大不了的……"

真够烦人的，是不？

"没什么大不了的。"布莱德利一扬手将石头朝街角的停车标志扔去。

石头打在铁牌上，发出咣的一声巨响，然后，我惊慌不已地看到，它被弹了出去——飞向正好驶过的一辆车的风挡玻璃。

一切发生得太快了。咔嚓——玻璃裂开；哗啦啦——玻璃被砸碎；嘎吱——汽车刹车。

在破碎的玻璃后面，是司机那张怒气冲冲的脸。

布莱德利呻吟一声："岂有此理！我瞄的是停车标志。"

看到司机正朝我们怒目而视，他伸手朝我一指，放开嗓门，用最大的音量喊了起来："为什么你要扔那块石头，马特？"

说完，他就跑了，一溜烟地顺着大路跑掉了。

我想跑已经来不及了，驾驶室的门打开，司机下了车。

当我看清对方是谁，不由得暗暗叫了一声苦——我们的老师：史考特先生。

3 蠕虫又惹祸了

午餐时，我没什么胃口，随便往托盘上放了个三明治和一只苹果，却忘了拿点喝的东西。我想，大概我的脑子还在昏着呢。

我手捧托盘穿过餐厅，来到游泳队的队友们坐的桌子边，重重地跌进椅子里，发出一声叹息。

"马特，怎么啦？"肯尼·沃特斯问道。他一手捏扁一只汽水罐，扬手扔进了旁边那桌的女生当中。她们生气地叫嚷着，用一些不好听的名词称呼他。

"今天早上，我和史考特先生之间发生了一点小小的摩擦。"我咕哝着。

"不可能！"肯尼说道，"你是他的得意门生，他不可能找你的碴儿啊。"

"他确实没有找我的碴儿。"我说。我不想说这件事，只想把它从脑子里删除掉，但不太容易。

史考特先生冲出驾驶室之后，我替布莱德利承担了责任，没有告发他。没人喜欢告密的家伙，不是吗？

史考特先生高大魁梧，一副运动员的体格。他经常做运动，胳膊上的腱子肉高高鼓起。嗯，你是不会想惹毛他的。

他和你在电视上看到的宇航员一个样。很短很平的发型，被太阳晒成棕色的宽阔的额头，还有一双蓝眼睛，像激光一样可以穿透你。

呃，今天早上，他当真朝我发射了激光。

"真的很抱歉，"我对他摇着头说，"完全是个意外，石头从我手里甩出去了，被停车标志牌一弹，就……"

辩解本来是我的强项，但史考特先生气坏了，他说那辆车才买了一个月。

他知道我不是个坏孩子，好像相信这是一个意外。

"我的保险公司也许会付这笔修理费，"他说，"不行的话，我就得打电话给你的家长了。"

我叹了一口气，这都是我自找的。也许，我当初真应该把布莱德利供出来算了。史考特先生说要打电话给我爸爸妈妈的那句话，整个上午都在我脑子里反复播放。我每想一次，心里的怒气就增加一分。

布莱德利真是条蠕虫，我心想，不能就这么便宜了他。

我想到了一个新发明，叫做"罐子里的布莱德利"。打开盖子，罐子里就会飞出一大群恶心的褐色虫子。

这想法叫我笑了出来。

突然，有人用胳膊肘捅了捅我的肋骨。"到底去不去？"肯尼说。

我茫然地朝他瞪着眼睛。

他笑了。"你今天的魂儿真是飞到火星上去了！"他说，"我们在说这个星期的游泳锦标赛。"

"你准备好了吗？"杰克·迪恩问道，"要不要参加教练的加时训练？"

啊？加时训练？"呃……当然要。"我说。

铃声响了，我立即跳起来，拿起自己的托盘，我什么东西都没吃。

一定要摆脱这件事，我暗下决心。我要打消对布莱德利的怒气，把全部精力集中到游泳上。

忘记布莱德利……忘记布莱德利……忘记布莱德利……

第二天，我在史考特先生的数学课教室里坐好，把书包放在地上。不用说，布莱德利就坐在我后面。不然他还会坐哪儿呢？他是我的跟屁虫！

他拍了拍我的肩膀："嗨，怎么了？"

我肩膀一晃，甩掉他的手，目不斜视，当他不存在。也许，他会知趣的吧。

这节课是数学测验，要解二十道代数方程式。

我数学很好，做起来很轻松。解方程就像做智力题一样，我喜欢做智力题。

我埋头做着试卷，用铅笔填写一个个答案。身后布莱德利的椅子吱吱响个不停，我飞快地瞥了他一眼。

你能相信吗？这条蠕虫正在偷看我的答案，然后抄在自己的试卷上。

我又向身后看了一眼。真的不是我多心，布莱德利绝对在抄我的答案。

史考特先生发现了吗？

我往教室前面看去。没有，老师正俯身在讲台上看书，不时地抬眼看看挂钟。我们只剩十分钟时间了。

呼——我轻轻地松了一口气。他没发现布莱德利在作弊。

但是，就在这时，我脖子上感觉到了布莱德利吹出的气，他低声对我说了一句："别那么快交卷。"

声音太大了。

几个同学转过头来看我们。

我浑身一紧，铅笔从手里掉到地上。

　　史考特先生腾地直起身来。"怎么回事？"他厉声喝问，朝布莱德利和我眯缝起眼睛，"你们俩在对答案吗？"

　　"马特，不要老是把答案亮给我，"布莱德利说，声音大得整间教室都听得到，"我自己会做。"

4 麻烦的一天

我的心跳顿时中断了一下。

我不能再次替布莱德利受过了。

在我们学校，考试作弊是很严重的错误，我因此被停学都是可能的。那样的话，游泳比赛怎么办？队友们全都指望着我呢。那可是锦标赛——我最看重的比赛。

爸爸妈妈知道我不得不错过比赛的话，又会怎么说呢？

布莱德利怎么能对我做出这样的事？

"马特，布莱德利，把笔放下，"史考特先生说，"我有话对你们说。"他招手把我俩叫了上去。

我简直无法呼吸，居然会出这种事。

"没什么大不了的，"布莱德利悄声说着，跟在我身后向讲台走去，"他最喜欢你，好好说说，咱们就没事了。"

史考特先生用一只手从前往后捋了捋短短的头发，然后摇了摇头，看着我们两个。"我的课上不允许有作弊行为，"他严厉地说，"现在我要你们站在走廊上思过，一直到考试结束。这次考试你们俩都是零分。"

"可是……可是……"我结结巴巴地说,"我没有错,我什么都没干,是布莱德利,他……"

史考特先生举起一只手,打断了我的话。"别再说了,"他说,"你知道我对承担责任有什么要求。"

他不听我的解释。"你会……让我们停学吗?"我用颤抖的声音问道。

"我还没有决定。"他回答说。

我又急又怒,狠狠地瞪着布莱德利。他站在那儿,脸上挂着一个傻兮兮的笑容。

等我们到了走廊上,布莱德利可能会说一句"没什么大不了的",然后我可能会控制不住自己,把他揍得狼心狗肺都飞出来。这样的话,我就真的会被停学——永久性的。到那时,我会把他的狼心狗肺再揍出来一次。

史考特先生打开了教室门,布莱德利还是一副笑嘻嘻的表情,走了出去,到了走廊上。

我走出门时,史考特先生跟了上来。"听着,马特,"他低声地说,"你想帮助布莱德利的出发点是好的,但不要帮过了头。"

我愣愣地看着他。

"就算为了帮助他,也用不着作弊,"史考特先生接着说道，"这已经是你第二次犯错了，马特。我不明白你到底怎么了，也许是游泳比赛让你太紧张。如果再犯第三次错误，我也没办法，只好让你停学了。"

"可是，史考特先生，我……"

他在我身后关上了教室门。我向走廊的两头望了望，一个人都没有。隔壁班传来了说话声和笑声。

布莱德利靠在储物柜上，我大步向他走去，一把揪住他 T 恤衫的前襟。"为什么你要这么干？"我吼道，"为什么你要抄我的答案？"

令人恶心的笑仍然挂在他的脸上。"你是数学尖子，对不对？"他说，"不抄你的抄谁的？"

放学后，我从桑迪山小学接了莉薇，和她一起回家。她一路上不停地招惹我——一会儿用书包打我，一会儿又想绊倒我。莉薇八岁，她觉得这些把戏很好玩。

但我一点心情都没有，只是加快了脚步，想离她远一点。

"我听说你今天惹麻烦了。"她提高声音喊道。

"嗯？"我转身看着她，"你怎么听说的？我们俩又不在一个学校。"

"有人在议论。"她说。

哼，真不错。这个大新闻已经传遍全镇了，"乖乖好学生马特·丹尼斯考试作弊"。

多亏了你，布莱德利。

我低下头过马路，史考特先生的话在耳边回响："这已经是你第二次犯错了，马特……如果再犯第三次错误，我也没办法，只好让你停学了。"

妈妈不在家，我用钥匙开了门，然后上楼推开自己的房门。"啊，不!"我痛苦地发出呻吟，"你在这里干什么?"

5 享受你的魔血吧

我的笔记本电脑前，赫然坐着布莱德利。他又打了一会儿字，然后才转过身来。"你的电脑比我的快，"他说，"给我用用没问题吧——没有吧？"

我再次痛苦得哼出声来，两手不知不觉中紧紧地握成了拳头。

"还有，我从你衣橱里借了这件 T 恤衫，我的那件上面脏了一块，"布莱德利说，"我穿比你穿好看，你不觉得吗？给我算了！"

这件扎染 T 恤在胸前写着"和平、爱、摇滚到永远"，本来是我爸爸的，去年圣诞节作为礼物送给了我，是我最喜爱的一件 T 恤衫。

我走到布莱德利身后，用手臂箍着他的脖子。"我该现在杀死你，还是等到晚饭以后？"我说。

他朝我龇牙咧嘴地一笑，还以为我是在跟他打闹。"你怎么啦，马特？"他说。

我又退开了。我不是一个喜欢暴力的人，也不能让布莱德利把我变得崇尚起暴力来。"喂！你今天给我惹了一大堆麻烦。"我说。

他耸了耸皮包骨头的肩膀："没什么大不了的。"

"啊？"我再也忍不住了，又伸手向他的脖子掐去，但他坐在带滑轮的椅子上用力一蹬，连人带椅闪开了。

"你是史考特先生的心肝宝贝儿，"布莱德利说，"他把你当成未来的宇航员、火箭科学家之类的人物，你心里清楚，他才不会把你怎么样呢。"

"可是……可是……"我气坏了，口齿都不灵便了，"你知道这个星期对我有多重要吗？如果被你毁了，你就死定了，我是认真的！"

布莱德利将我摊在桌面的纸张东翻西看，拿起了一个红色笔记本。"这是你为'科技作品大奖赛'搞的设计？"他问，"是什么东西？鸟屋？"

我从他手里抢过笔记本。"没错，想知道吗？"我说，"是个鸟屋，里面装了芯片。"

他嗤嗤地笑了："电脑芯片装在鸟屋里？乱来！"

"一点儿都不乱来，"我说，"芯片能控制里面的亮度和温度，还控制了一个自动喂食器。"

布莱德利想了一会儿。"挺酷的，"他说，"你以后会成为一个伟大的科学家，如果我多跟你在一起，我也能行。"

啊呸，你饶了我吧。

他站起来，朝我敬了个礼，然后走出我的房间，把楼梯踏得嗵嗵响。听到大门被他关上的声音，我如释重负，长长地舒了一口气。

"终于解放了。"我喃喃地说道。他真叫我反胃。

我知道，一定要让自己平静下来，于是我往黄色的大喷壶里装满水，小心地浇灌我养的观叶盆栽。

我一共养了两棵，种在陶盆里，就放在衣橱旁边。青翠闪亮的叶子贴着墙，都快垂到地板上了。

我花很多的时间来照料它们，擦亮叶子，修剪须蔓。告诉你一个秘密——有时候，我甚至还会对它们说话。

照料盆栽总能让我变得心平气和。我种盆栽一开始是为了做实验，想研究植物在不同光照下的生长情况，但后来却喜欢上它们了。

我很仔细地浇了水，又展平了几片叶子，然后转身向桌边走去，无意中看了笔记本电脑一眼。咦，布莱德利留在屏幕上的是什么？

我向屏幕看去。两只充血的眼睛瞪着我，下面是斗大的绿色的字，写的是：魔血。

魔血是什么东西？又是布莱德利的古怪网络游戏吗？

我在页面上寻找那个"×"，想把它关掉，但是上面没有"×"。

我按下了退出键。

那双眼睛还在瞪着我。"魔血"两个字好像一摊又黏又稠的绿色烂泥，滴滴答答地向屏幕下方流淌。

我一遍又一遍地按下删除键，又试了其他几个按键。

就是无法退出这个页面，不管怎么按，那双充血的眼睛一直狰狞地睁着。

然后，我听到了一个粗嘎的低语，一开始很小声，然后越来越响：

"享受你的魔血吧……享受你的魔血吧……享受你的魔血吧……"

冰冷而又刺耳的声音，让我起了一身鸡皮疙瘩。

我按下静音键。这回该安静了吧？

没有，说话声仍然一连串地涌出来："享受你的魔血吧……享受你的魔血吧……享受你的魔血吧……"

我一次又一次地按静音键。

"享受你的魔血吧……"

这是怎么回事？为什么不能消除这个声音？

我扯了下电脑背后的电源线。

"享受你的魔血吧……享受你的魔血吧……"

还是不能消除它。

我的心跳变得急促起来。布莱德利对我的电脑做了什么手脚？

我猛地把电脑合上，等过了一两分钟，再去关机。

掀开屏幕，那双眼睛直勾勾地看着我，好像真的能看到我。"魔血"两个字黏液直流，而那个声音一遍又一遍地低声重复：

"享受你的魔血吧……享受你的魔血吧……"

"不——"我放声大叫。

我把电脑翻过来，在电池盖上摸索，好不容易才取出了电池。

我粗气连连，张大嘴盯着电脑屏幕。这台笔记本电脑现在已经没有电了……一点儿电也没有了。

然而，那双血红的眼睛还在看着我，低语声仍然嘶哑地向我传递着它的信息："享受你的魔血吧……享受你的魔血吧。"

6 被气疯的马特

"啊——呀——"我实在受不了，狂怒地大叫一声，又一次猛地合上电脑。

莉薇从浴室里冲了出来，身上裹着浴袍，湿淋淋的头发包在毛巾里，额头上还挂着几个洗发露泡泡。

"马特——怎么了？"她叫道，"你受伤了吗？"

"布莱德利！"我狂吼乱叫，向空气挥舞拳头。

她蓝莹莹的眼睛瞪得老大。她知道，我是一家人里最冷静的一个，我是那种在紧急情况下表现良好的人。

这个世界上，只有一样东西会叫我失去理智——布莱德利·沃姆瑟。

莉薇把湿头发上的毛巾包得更紧些，问道："他干什么好事啦？"

"又是他那套愚蠢的把戏，"我说，"他乱弄我的电脑，把它锁住了，不能关机。"

"不能关机？真的？你有没有拔下电源线，再把电池拆下来？"莉薇问道。作为一个八岁的小孩，她已经算是电脑高手了。

"当然有了。"我没好气地答了一句，拨开她向门外走去。

"马特，你上哪儿去?"她在我身后叫道。

"布莱德利家。"我说。

"你要去揍他吗？我能去看吗?"

我没回答，自顾自地大步走下楼梯，穿过后院，走进了布莱德利家的厨房。厨房里温暖明亮，弥漫着一股肉桂的香气，妈妈和沃姆瑟太太一定在烤点心。

布莱德利站在洗碗池边，手里捏着一个纸杯蛋糕，嘴巴周围一圈糖霜。

"不好意思，不能分给你了，"他说，"这是最后一个。"

我盯着我的扎染 T 恤衫，发现它的口袋上已经脏了一块。"把衣服还给我!"我喝道，"快点!"

"哇塞，"他瞪起一双褐色的眼睛，把整块蛋糕往嘴里一塞，嚼都不嚼地咽了下去，"你这是怎么啦，马特？我只是借来穿一下嘛!"

"还给我!"我大声地说着，向他走了过去。

"好吧，好吧。"他动手脱下身上的衣服。他瘦得要命，每一根肋骨都历历在目。

"你在我的电脑上干了什么？"我问道，"你觉得那样很好玩吗？"

他把衣服递给我："什么？"

"你乱弄我的电脑，"我说，"还不是你玩的无聊恶作剧！你锁住了它，让我关不掉那东西。"

他摇了摇头："没有，你疯了。"

"你还撒谎！"我吼道。

"没有，"他又说了一次，双手捋了捋满头乱发，"你有病还是怎么的？活像个疯子一样。"

我看着他的肋骨。"你呢，像只拔光了毛的小鸡，"我嘲笑说，"大家都叫你蠕虫，但是叫你'小鸡骨头'倒更合适些！"

他整张脸涨得通红。"哦，是吗？"他大声说道，看得出来，他被我刺痛了，"你很快就会不敢拿我取笑了。"

我又笑了。

"走着瞧吧，"布莱德利说，"我发现了一个很棒的东西，它会让我变得比你还高、还壮，马特，到时候，你跟我说话就会放客气一点儿了。"

"对一把小鸡骨头来说，这话说得够狠的啊。"我说。

我知道，这样说话太过分，但我当时气昏了头。

我转身大步走出厨房。至少，衣服要回来了，这让我感觉好了一点。

来到屋外，我回头向窗户里望去，只见布莱德利正向另一只纸杯蛋糕伸出魔爪。

走进家门，妈妈坐在厨房的餐桌边，手里拿着一大杯冰茶。

我进门的时候，她看了看挂在洗碗池上方的大钟。"马特，嗨，你去训练了？"

"没有，"我甩着手里的 T 恤衫说，"我去找布莱德利要回一点东西。"

她拿起一张纸巾，擦了擦额头。"累死了，我才从隔壁回来。雪莉和我今天烤了四打巧克力和香草蛋糕，你能想象吗？"

我窃笑着说："有几只正在被布莱德利享用着呢。"

妈妈懊恼地叫了一声："我和雪莉告诉过他，一个也不能吃，那些全是为星期六的一个宴会准备的。"

"承认了吧，他就是个讨厌鬼，妈妈。"我说。

妈妈不满地看着我："别这么说，他是你的朋友。你们俩打小就认识，坦白地说，布莱德利知道他在体育方面比不上你，科学知识也不如你，也没你那么有人缘，所以他才做出那么多事，好让你注意他。"

"总之他就是一个讨厌鬼。"我说。

手机振动，我从牛仔裤里把它掏出来，上面有一条布莱德利发的信息：

你的衣服可以还给我吗？我穿更合身。

7 停学危机

我一直忙着我的作品，直到后半夜，早上起床时已经有点儿晚了。我穿上牛仔裤，又套上新买的突袭者橄榄球队运动衫，它黑白二色，非常酷。

布莱德利已经坐在餐桌边，狼吞虎咽地吃着烤松饼。我一进去，他就站了起来。"你看，伙计。"他说着伸开两条胳膊。

他穿着一模一样的突袭者队运动衫。

"我们俩是双胞胎！"他边说边在我背上拍了一下。

今天的开头真不赖！

"马特，今天早上吃鸡蛋好吗？"妈妈问我。

"没时间，"我嘀咕着，"我要去换衣服。"

上课前，史考特先生把我叫到了讲台上。

我脑子里飞快地转着。这次我又做错了什么？我一点都想不起来。

他想跟我重提打碎风挡玻璃的事吗？

走到讲台前，我的心开始加速跳动。"早上好。"他温和地说了一句，拉着我的胳膊，将我带到了走廊里，避开其他的同学。

同学们有的站在储物柜边，有的正向教室走去。我仔细观察史考特先生的神情，看不出他到底有没有在生气。

他身上有一股薄荷味儿，我猜可能是来自刮胡水，他的下巴上还挂着一条刮胡子留下的小伤口。

他斜靠在墙面上。"最近怎么样?"他问。

我耸了耸肩："还好吧。"

他点了点头："我只是想说，你和布莱德利干得很出色。"

我看着他直发呆。布莱德利? 我和布莱德利一起干什么啦? 我对他恨之入骨!

"他告诉我说，在你的帮助下，他设计出了一件科技作品，还把他的智能鸟屋方案给我看了，非常棒。"

我肺都气炸了："他的什么?!"

"要超越他，你可得加把劲儿了，马特，"史考特先生说道，"布莱德利绝对是'科技作品大奖赛'上的强手，他的鸟屋是天才之作!"

啊，不，老天爷——不要。

这太过分了。我说不出话来，脑子里也没了主意。

我觉得自己的脑袋像气球一样炸开了，这辈子从没生过这么大的气，没这么愤怒过。

布莱德利怎么能这样？窃取我的创意去赢得大奖，他真的以为自己能得手吗？

我把拳头握得好紧，指甲都掐进了手掌心。"呃……史考特先生……"我从牙缝里挤出话来，"关于那个方案，有些事我要告诉你。"

他愉快地朝我笑了笑。"你对布莱德利的帮助那么大，"他说，"我打算把那次小小的作弊行为一笔勾销，还会让你补考一次数学测验。"

"呃……谢谢。"我喃喃地说。还能说什么呢？我需要那个数学成绩。但是，布莱德利窃取了我的作品，我不能就这么算了——难道不是吗？

史考特先生看了看手表，回到教室里。

储物柜门砰砰作响，走廊里慢慢空了下来。

我极力想冷静，但又正好看到布莱德利在一个角落里，向几个女孩炫耀他的突袭者运动衫，这时我再也忍不住了。

我冲向他，两只手抓住他，将他狠狠地朝储物柜上推去。

他踉踉跄跄地往后退，吃惊地睁大了眼睛，眼镜滑下来，掉在地板上。

我身后已经聚了一大群人，他们都是从哪儿冒出来的？

"揍他！揍他！揍他！"他们有节奏地齐声大叫。

"揍他！揍他！揍他！"这叫喊声在我耳边轰响。

眼前一片红色，我知道自己已经失去理智，但就是控制不住。

我双手将布莱德利紧紧按在储物柜上。

一个女人怒气冲冲的声音从走廊的另一头传来："出什么事了？"

是格兰特太太，我们的校长。

鼓噪声停止，身后的同学们都站着不动了。

格兰特太太从人群里挤了过来。她是个小个子女人，一副年老体衰的样子，穿着灰色的裙子和灰色的开襟衫，像只松鼠一样，还有一头银亮的短发。

"住手！住手！"她尖着嗓子大叫，抓住我的手臂，将我按着布莱德利的手拉开。

"马特，你是在打架吗？"她问道，仍然抓着我不放。

啊，天哪！啊，天哪！啊，天哪！

我猛地清醒过来，这回麻烦大了。

"第三次犯错"，这句话闪进我的脑中。

格兰特太太慢慢放开我，一对锐利的松鼠式黑眼睛紧紧地看着我。

三振出局，我心中想道。

布莱德利缩到一边，扯平身上的突袭者运动衫，弯腰拾起眼镜，面色苍白。

"你知道的，我别无选择，"格兰特太太说，"校规写着任何情况下都不准打架，我必须判你停学，马特。"

"我……我……"我想辩解，但又能说什么呢？

格兰特太太摇着头。"我不明白，"她轻声地说道，"为什么你会在游泳锦标赛的前一天出这样的事？你明知自己对我们队有多重要。"

这一切不是真的，我心想，这一切不可能发生在我这样的好学生身上。

格兰特太太指着走廊那边。"去收拾你的储物柜，"她说，"我真的很遗憾，但规定就是规定。我马上打电话给你妈妈，让她知道这件事，从现在开始你停学一周。"

8 神秘黑衣人

我两腿发软，大张着嘴合不拢，难以相信眼前发生的事，只感觉到一颗颗的汗珠从额头上迅速地滑落。

"去。"格兰特太太又朝我的储物柜指了指。

突然，布莱德利开口了。"可是，我们没有打架！"他说。

格兰特太太乜斜着眼睛朝他看去。

布莱德利伸出胳膊，揽住我的肩膀。"我和马特是最好的朋友，"他对她说，"刚才我们只是闹着玩儿。"

校长皱起眉头，看得出来，她并不相信布莱德利的话。

"根本不是打架，"布莱德利说，"我们在模仿昨晚电视里的场面呢。"

"对，没错，"我附和道，"打得太精彩了，两败俱伤，布莱德利和我觉得很带劲儿，就假扮那两个疯子玩儿。"

"情况确实是这样。"布莱德利撒谎道，手还搭在我的肩上，好像我们是一对死党。

我用手背擦去额头上的汗珠，两条腿还是直打战。

能把格兰特太太蒙过去吗—— 一定要，不然我就完蛋了。

她揉着尖尖的小下巴端详我们两个。走廊里鸦雀无声，我从来没有经历过这么安静的时刻。

"好吧，"终于，她说道，"回班上去，你们两个。"她转向我说，"我想，你确实不会在学校里打架，马特，你是个聪明人，不至于这样。"

"多……多谢。"我结巴着说。

她向校长室走去。"别再看暴力的电视节目了，"她回头说道，"应该看国家地理频道，会让你们少惹些麻烦。"

布莱德利眉开眼笑，兴奋得眼珠子好像都在打转，在我手上击了一掌。

"伙计，我救了你一命。"他低声地说。

我一直等着格兰特太太转过弯去，然后愤愤地将布莱德利用力一推。"我真该揍你一顿！"我说。

"嗯？"他直往后退。

"你用那个叫什么'魔血'的破东西弄坏了我的笔记本电脑！"我高声叫道，"还有，别的先不说，你偷了我的方案！我警告你，游泳比赛以后，你最好躲起来，因为我要找你算账！"

"别担心，"布莱德利答道，"那个傻鸟屋你自己留着好了，我有新东西，马上就到了，很了不起的东西，我昨天晚上在网上订购的，我的人生就要改变了——极其重大的改变！"

我笑了："再变你也是条蠕虫！"

"等着瞧，"布莱德利说，"今晚就让你看一看，你就再也不会叫我的外号了。"

放学后的游泳训练持续两个小时，我们在训练中比赛了好几场，每一场结束后，维多斯教练都对我们指点一番。

明天就是游泳锦标赛举行的日子，离现在只有不到二十四个小时了！

这是我们最后的热身机会。

我参加了三项比赛，分别是一百米自由泳、五百米自由泳和二百米蝶泳。在这几个项目上，谁都追不上我，所有人都被我远远地甩在身后。

但这天下午，肯尼·沃特斯和杰克·迪恩在两项比赛中，都跟我战成了平手。在游完蝶泳，第二次战平之后，我们都扒着泳池边大口大口地喘气。他们俩甩甩头上的水，看着我，露出惊奇的神色。

杰克笑了一声，问道："是我快了，还是你慢了？"

我含了一口水朝他喷去。"我故意跟你们打成平手，"我开玩笑道，"让你们激动一下。"

维多斯教练俯身看着游泳池，他个子很高，身材精瘦健壮，有一头钢针般的黑发和一双我所见过的汗毛最浓密的胳膊。我们都叫他野狼——不过不敢当面叫。

"集中精神，马特，"他对我说着，敲了敲自己的太阳穴，"不是身体的问题，需要的是专心，你懂了吗？"

我点点头，也敲了敲太阳穴。

维多斯是个聪明的家伙。我想他已经发现我总是分神，想到别的事情上，比如今天早上的事，还有险些被踢出学校的事。

我很快换好衣服，往家里走去。太阳已经挂在树梢，空气变得清凉，深深的影子在人行道上摇来晃去。

离家还有半个街区的时候，有两个男人从一辆车后面闪出来，拦住我的去路。"嘿！"我叫了一声。

他们都穿着黑裤子，系着黑头巾，头巾压得很低，他们的面孔隐藏在傍晚的阴影里。

我想从他们身边绕过去，但他们截住了我。

"别走，孩子。"其中一人低沉地说。

"让我过去！"我尖叫道，"你们想干什么？"

9 他们在找什么?

这两个人都高大结实,身材像树干一样,在黑色的头巾下,他们的眼睛一闪一闪的。

我不寒而栗,想夺路逃跑,但两条腿抖得太厉害,几乎连站都站不稳。从这儿能看到我的家,那么近……那么近。

其中一人伸出一只巨大的巴掌,每根手指上都戴着宝石戒指。"不是找你麻烦,小家伙。"他说。

"没错。"他的同伴说道,也伸出手来,手掌心上文着一只蜘蛛。"只要把东西交给我们就行了,一点麻烦都不会有。"他说。

我艰难地咽着口水,喉咙里突然干得像棉花。"啊?什么东西?"我好不容易才说出话来,"你们是什么人?"

"我们是你的朋友,"蜘蛛文身说道,"只想帮助你。"他向身后扫了一眼,好像怕有人在偷看。

"可是,可是……"我惶恐地说。

"别这么害怕,"戒指手嗤笑着说,"你订购了它,但我们要收回来。"

我东张西望。怎么街上一个人都没有呢？一个能救我的人都没有？

"订购？"我说道，嗓门又尖又细，"我……我没订购什么东西啊。"

"来吧，小子，"蜘蛛文身说，"别为难我们，事情错得厉害。"

"真的，"他的同伴说，"那东西很危险，我是说，非常危险，不是开玩笑的。我们不能让你拿着它。"他一直不停地向四处张望。

"我们不该把它寄出来，"蜘蛛文身说，"如果被人发现了，我们会有天大的麻烦。"

"你带在身上吗？"他的同伴问，"在背囊里吗？拿出来给我就行，好吗？没别的事。"

"不是，"我开口说，"我已经说了，我没有……"

戒指手朝我家的房子一指："放在家里？那就拿出来给我们，我们跟你去。"

他们在找什么？什么东西这么危险？为什么他们这么急着拿回它？

我不知道该怎么回答，只知道我没这个东西。"你……

45

你们搞错了，"我口吃地说，"我……"

雪亮的灯光向我们扫来，眼前一亮，我瞥见了那两个人的脸和脸上坚决、不容置疑的神色。

我转过身，一辆绿色的轿车驶到路边，前座的车窗玻璃被放下，史考特先生的头伸了出来："马特——怎么样？训练还好吗？"

我冲到车边，抓住门把手，向史考特先生凑过去。"那两个人，"我小声说，"真可怕，不知道想干什么。"

他睁大了眼睛，向我身后望去。"人？"他说，"我一个人都没看到。"

我急忙转身。

他们已经消失在空气中了。

10 网购来的魔血

晚饭后，我回到自己的房间，弯腰用园艺剪为盆栽剪枝。

一双冰冷有力的手掐住了我的脖子，我吃了一惊："喂!"

莉薇咯咯笑着，把手缩了回去。

"为什么你这么喜欢偷袭我?"我问。

她耸耸肩："也许是因为好玩儿?"

"给我拿个垃圾袋来装叶子。"我说。

"我是你的奴隶吗?"她推了我一下，然后跳开了。"你的这些藤在地板上爬，"她说，"好像恐怖电影一样。也许有一天晚上，它们会爬到你床上勒死你。"

莉薇的想象力很丰富。

"等长到够长的话，它们还会爬到你的房间去。"我说。

楼梯上突然传来巨响，片刻之后，布莱德利冲了进来。"我最爱的两个人哪!"他朗声叫道。

"再见。"莉薇眼珠一转，用最快的速度溜走了。

布莱德利大步向我走来，满脸兴奋，笑得合不拢嘴。他拖拖拉拉地穿着一条肥大的咔叽裤，身上是我的桑迪山游泳队运动衫，不是我给的，肯定是他从我衣橱里偷的。

"看这个，伙计。"他直喘粗气，我闻到一股意大利面条的味儿，想往后退，但又被他堵在了角落里。

他举起一只小小的绿色塑料做的蛋："我实在等不及，就把它从盒子里拿出来了，这个东西将改变一切。"他是那么激动，拿蛋的手都在微微颤抖。

"我从一个秘密网站上订购了这个，"他说，"我快激动死了！"

我看着那只塑料蛋，它和真蛋一样大小。"什么秘密网站？"我问。

"只有知道三道密码的人，才能进入。"布莱德利说。

他在我面前晃着那只绿蛋。"知道这东西有什么用吗？"他问。

"煎蛋饼？"我开玩笑说。

"它会变大，"布莱德利说，"把蛋一打开，它就会不停地长大，如果你吃了它，你也会长大，变得更高、更壮。"

我把眼睛一翻："布莱德利，你是个大傻瓜。你真的相信这个蛋里面的东西能让你长高？你怎么会这么傻？怎么一次又一次地上当?"

"不，不，"布莱德利用力喘着气说，"不可能上当，这个东西是真的，马特，你知道我打算干什么吗?"

我耸耸肩："猜不出来。"

布莱德利滚动手里的蛋。"我要吃掉一点点，"他说，"可以让我增加体重，长出大块肌肉就行，然后我就再也不是皮包骨头的蠕虫啦。"

我哈哈大笑。"你算了吧，"我说，"我不相信你会当真。"

"百分之百当真，"布莱德利说，"等我吃了以后，我就换了一个人了。我会变得很强壮，身材像个运动员，我再也用不着模仿你了，我会比你强!"

"可是，布莱德利……"

"同学们会邀请我参加派对，踢足球的时候邀请我入伙，大家都喜欢跟我玩，"布莱德利一口气说下去，"而你就得自己待在家里，跟你的盆栽说话。"

"我等着瞧呢。"我说。

他把蛋放进我的手心里，它被他汗湿的手捏得又潮又热。

我将它凑近眼前，看绿色塑料外壳上刻着的小字：

魔血。

"哇，等一下，"我恍然大悟，"布莱德利，昨天晚上你是用我的笔记本电脑在网上订购它的吗？"

布莱德利点点头："嗯，怎么了？"

那两个黑衣人出现在我脑海里，我回想起他们紧绷的面孔，带着怒火的暗沉沉的眼睛。

他们找的就是这个魔血。

布莱德利用我的电脑订购了它，所以他们以为它在我手里。

他们十万火急地想收回它，因为……因为它非常危险！

我盯着那只看上去完全无害的小蛋，以前我有一块橡皮泥，做成了蛋的样子，跟它很像。

原来是这样……可是为什么那两个人急着把它要回去？

这东西出什么问题了吗？

手里的塑料蛋突然发烫了起来……

11 疯狂的尝试

我把魔血蛋放在桌上。

"给我，"布莱德利说，"我不想等了，现在就要尝一尝，我是认真的，它会改变我的生活。"

他在我的肩头推了一下："还有，伙计，魔血还能让我得到史考特先生的科技大奖。你知道获奖的科技作品是谁的吗？我的！"

布莱德利在我的房间里发疯似的手舞足蹈，为自己大声欢呼。

我心里沉甸甸的，看着那只绿色的蛋。"布莱德利，有两个人我必须跟你说一下，"我开始说道，"他们……"

布莱德利停止了他疯狂的舞蹈。"别想说服我放弃这个打算，"他说，"我已经决定了，马特，这是我做的最重大的一件事，我知道，结果一定很美妙。"

"可是，布莱德利，你听我说……"我还想说下去。

"不，不行，"他伸手捂住我的嘴巴，不让我说下去，"我只吃一点点，能让我像你一样健壮就行，你给我仔细听好了，以后再也不会有人叫我蠕虫。"

我从脸上拨开他的手。

一定要拦着他，我心想。那两个黑衣人说这个东西非常危险。布莱德利是个讨厌鬼，但我也不能眼睁睁地看着他吃可能会害他生病的东西呀。

是的，布莱德利是个讨厌鬼，讨厌鬼……

突然，我想起了过去的几天，在那几天里我麻烦不断，史考特先生的风挡玻璃、布莱德利在数学测验上作弊、我被弄坏的笔记本电脑、差点儿被停学……

全都是因为布莱德利。

讨厌鬼，彻头彻尾的讨厌鬼。

我控制不住，怒气再次从心头涌起，淹没了我。报复的机会来了，我暗暗想道。

布莱德利活该。

我从桌上拿起那只蛋，拨开蛋壳一头，看着里面冒着泡的绿色胶体。

然后我把魔血送到布莱德利的面前。"来吧，"我说，"吃了它。"

布莱德利接过那只蛋，举到眼前，脸色变得凝重起来。

"冒出好多泡泡，"他喃喃地说，"哈哈，你听，听到噗噗的声音了吗？怪不怪？咱们看看它是什么味道。"

他把小手指伸进绿胶里。

"嘿，里面是热的，"他说，"而且真的好黏，你看它粘着我的手指了。"

"你就发疯吧，"我说，"尝尝看。"

"请对旧布莱德利说'再见'。"他说着，把小手指向嘴边伸去。

12 怪异的魔血

布莱德利伸出舌头，将手指上的一小团魔血送了过去。

我一把抓住他的手臂，将他的手往下扯。"不！"我叫道。

"你干什么啊？"布莱德利恼火地说，"放手，你搞什么鬼，马特？"

他想把魔血放入口中，我却把他的手扯得远远的。"我不能让你这么干。"我说。

我改变了主意。大概我还是一个有良心的人，做不出这种坏事——就算对方是布莱德利也不行。

"放开我！"布莱德利尖声叫道，"你管不着！"

这话真叫我好笑。"真幼稚！"我说着抓住他的小手指，将那一小团魔血揩在他的牛仔裤上，然后再将那只蛋合上。

我得很用力才能将它扣好，魔血已经涨了起来。

"还给我！"布莱德利手一挥，来抢那只蛋，但我举起来没让他抢到。"它是我的，我想用它干什么就干什么。"他尖叫着说。

"先闭嘴，听我说，"我说，"我在半路上被两个男人截住了，他们说它很危险，想把它要回去。"

布莱德利眼珠一转。"两个男人？哈哈，"他说，"这个假话不行，再编一套吧。"

"我是认真的，"我说，"我不能让你吃掉这个东西。"

"你这个卑鄙的骗子！"布莱德利大喊大叫地向我冲过来，要抢这只塑料蛋，我高高地举起它，他够不着。

他把我按倒在地，压在我身上，想跟我摔跤。但是，他太瘦了，分量也太轻。"还给我！是我的！还给我！"他连声嚷道。

我把蛋塞进牛仔裤口袋里，然后一翻身，压住了他，并将他的手死死按在地板上。

我一直按着他，到最后他终于不再挣扎，也停止了叫喊。

"投降了？"我说，"来吧，布莱德利，你动不了了，说呀，说你投降。"

他呻吟一声："好啦，好啦，你压死我了！"

我站起来，又把他从地上拉起来，他哼哼唧唧地揉着两条瘦胳膊，我还没觉得自己使了很大力气呢。

"你到底还不还给我？"他问。

"不，"我说着，拍了拍牛仔裤口袋，"我会妥善保管它的。"

布莱德利发出一声呐喊，又朝我冲了上来："还给我，马特！它是我的！"

这时，莉薇的头伸进了房间。"你们在干什么？"她说道，"在走廊里就听到你们的声音了。"

布莱德利放开我的牛仔裤，退开一步。"不关你的事，怪鼻子。"他冲她吼道。

"啊？"莉薇气得脸涨得通红。

"好，没什么大不了的，我走了，"布莱德利两手握着拳头说，"魔血你留着吧，马特，就这样算了吧，你不就是不希望我变得跟你一样高大，一样受人欢迎嘛！"

"布莱德利，你没明白，"我说，"你不能吃自己不了解的东西。"

"没什么大不了的，"布莱德利又说了一遍，"你留着吧，不过，那鸟屋方案就算我的了——我还要靠它去拿大奖！"

说完，他推开莉薇，脚步重重地走出房间，一边嘴里还气急败坏地嘀嘀咕咕。

"哇塞，这是怎么回事？"莉薇问道。

我从口袋里把蛋掏出来，递给她看："这是布莱德利从网上订购的鬼东西，他想吃掉一点，但我不让。"

"给我瞧瞧，"莉薇拿过那只蛋，将它打开，"哟，恶心。"她厌恶地说。

我看着它溢出蛋壳的边。"真的很恶心。"我说。

莉薇把它放到我鼻子前面："你闻闻，叫人想吐。"

"呸！"那味道就像发了霉的卷心菜，我讨厌卷心菜。我从莉薇手里拿走了那只蛋。

"布莱德利真的打算把这东西吃下肚去？"莉薇说。

我点点头："他这家伙脑子就是有病。"

莉薇看着那只蛋："嗯，真有病。"楼下传来妈妈的叫声，莉薇转身跑下楼去。

我看着一鼓一鼓、噗噗冒泡的魔血。真的有人吃这种东西吗？或者那只是布莱德利的荒唐念头？

我拿着那只蛋，走到窗边向街道上张望。也许那两个黑衣人还逗留在外面，那我就可以跑出去，把魔血还给他们。

可是没有。前院草坪上有两只兔子，正用后腿站立，被一辆小货车的车头灯照得发呆，连黑衣人的影子都看不到。

"哇！"我感觉魔血滴到了手里。

低头一看，绿色的胶体从蛋壳边缘向外涌，流进了我的手掌心，开始向手指漫过去。

我把蛋扔在衣橱上面，但还有一大团魔血粘在手上，它从我的手指缝里往外渗，既热又黏，我想把它扯下来，但它粘得非常紧，那股恶臭叫我直反胃！

如果这东西弄不下来怎么办？我心想，如果它在我身上不停地变大怎么办？

13 夜半噩梦

终于，这团糊手的东西还是被我扯了下来，揉成一团，我转身想把它塞回到蛋里。

"啊！"绿色的胶体从衣橱边上往下淌，我惊叫了一声——它一直流到了花盆里。

我焦急地环顾房间。一定要找个东西来装这恶心的玩意儿！

我的视线停在书架底层，那儿有一个东西也许够大、够结实，可以用来装魔血，直到我最后把它处理掉。

我冲过去，弯腰拿出那只巨大的陶瓷存钱罐。这是哈瑞艾特姨妈送我的礼物，我猜她大概是在游乐园里赢回来的。

这只小猪存钱罐是粉红色的，背上有塞硬币的缝，肚皮上有一个很大的软木塞，方便取钱。它比烤面包机还大，没错，可以暂时放下那团绿胶。

我知道自己的行动一定要小心，于是在壁橱里找到一副皮手套戴了上去。然后，我拿起了用来给盆栽松土的铁铲。

我又拿了一只做科学实验的银色漏斗，拔开软木塞，将漏斗塞进洞里。

接着，我走到衣柜边，动手铲起魔血。它咕嘟咕嘟地冒着泡，同时散发着蒸汽，紧紧粘在铲子上。我在漏斗上将铲子一倾，它又粘在了漏斗壁上。

我到处看，想找个更顺手的东西，但没有找到。这东西实在太黏了。

我的心怦怦直跳，不停手地将魔血铲起，倒进漏斗里，把它从洞里灌进存钱罐中。

终于，最后一团也被我塞了进去。我双手发颤，塞好了软木塞。大存钱罐几乎被装得满满的，它装得住这团发泡的绿胶吗？

我将漏斗扔进壁橱，又拿起用来建鸟屋的胶带，将存钱罐缠了一圈又一圈，后背的那条缝上更是缠了许多道。

完事之后，我的额头上已经汗水淋漓，衣服像从水里捞出来的一样，双手和双腿全都在瑟瑟发抖。

我想着明天的游泳比赛，所有队友都对我寄予厚望，全校师生都对我寄予厚望。

一定要冷静下来，然后再去睡一觉。维多斯教练总是说，赛前一定要保证八个小时的睡眠。

我拿起小猪存钱罐，现在它沉甸甸的，而且还很热。我把它拿到壁橱里，放在底层的架子上，一直塞到最里面。

要冷静……别再想魔血的事了……

我拿起水壶给盆栽洒水，又整理了一下枝叶。

摆弄我的盆栽总是能让我心里平静下来。

但是，叫我不去想壁橱里存钱罐中那些冒泡的绿色胶体，是做不到的。我下定决心，明天等游泳比赛一结束，我就要把它丢到镇里的垃圾场里去。

那个垃圾场离我家只有两个街区，我可以把它埋在那儿，一点问题都没有。

那天晚上，我过了好长时间才睡着，然后又做了一连串乱七八糟的梦。

我梦见身边有奇怪的冒泡声传来。

咕咕……噗……咕咕……噗……

我慢慢地醒过来，只觉得身体虚浮，脑袋发沉，像块大石头。

咕咕……噗……咕咕……噗……

这声音是在我梦里的，现在我已经醒了，可还是能听到！

黏答答的拍击声，咕咕的冒泡声。

过了许久，我才想到，这声音是真实的，不是梦。

我猛地一打挺，在床上坐了起来，心提到了嗓子眼儿里。

咕……咕……咯……咯……

就在壁橱里。我提心吊胆地长叹一声，爬下床来，悄悄向壁橱走去，越靠近那恶心的声音越响。

是魔血逃出来了吗？那胶体会像一股大浪一样，热烘烘地朝我涌来吗？

离壁橱还有两步，身后传来窸窸窣窣的声响，我转身一看……

……顿时魂飞魄散，大声尖叫起来。

一个人！一个巨人！有八英尺高！

他站在我的房间里——就在窗户前面，伸开的手臂向我挥来！

14 致命的绿色胶体

"你是谁？你想干什么？"我大叫。

随后我就张着嘴不动了。

月光如水，照进窗户里，我发现眼前并没有什么巨人。

我看到的是自己种的观叶植物，是靠近衣橱的那一盆。它已经长到了天花板上，微风从窗口吹进来，巨大的须蔓轻轻挥舞。

我打开了顶灯。这盆植物硕大无朋，发出吱吱咯咯的声音，仿佛在呻吟，它弯下来……又伸展开，一些藤蔓已经挨到了天花板上！

魔血……我想起来了……曾经从衣橱上滴下来，落进花盆里。

布莱德利终于对了一回。那种绿色胶体可以让东西疯长！

这不公平，我心想，真不公平。

为了这次的锦标赛，我那么刻苦地训练，而现在我却睡不上一个安稳觉，心里充满了焦虑和害怕。

这盆植物会长到多大？

咕……咕……咕……咕……

没别的办法，必须打开壁橱看一看，我一定要亲眼看到魔血还好好地待在存钱罐里，不然就放心不下。

我走到壁橱前面，深深地吸了一口气——扭动把手——拉开了橱门。

"啊——"绿胶像海浪般扑了出来，热烘烘地淋了我一身，从我的胸口溅开，又粘得我满手都是。

"啊，不……"我呻吟着。这不是真的吧，魔血洒了我一手，像戴了一副手套，并且越收越紧。

我踉跄着后退，手上发疯似的痒。绿胶吸得越来越紧……越来越紧……越来越紧……我狂乱地甩着手，但那热烘烘的胶体紧紧地粘在了我的皮肤上。

就在我挣扎的当儿，魔血的体积开始膨胀，一路涨到了我的胸口上，我用双手去扯，但胸脯上的那层绿胶滑溜溜的，根本抓不住。

热糖浆似的魔血紧紧包裹着我的胸膛，越来越紧……像一件太小的厚毛衣。

我张着嘴巴用力呼吸，不停地挣扎扭动。

我滚倒在地毯上，想把它从身上滚掉。但它紧紧地吸

64

附着我，并且在我身上越漫越高，速度非常快。现在，我感觉到那黏稠温暖的胶体已经漫延到了脖子上。

它围着我的喉咙，像一双手，想把我活活掐死。

我的呼吸已经带着哨音。

我扯着它，屈着身子扭动，想把手指插进那层厚厚的绿胶里。

呼吸困难……它……它快把我憋死了！

令人作呕的味道冲进鼻子里，胶体爬上我的脸，痒痒的……飞快地继续向上爬。

它是要到我的嘴边去吗？

我紧紧地闭上嘴巴，咬住牙关。

无法呼吸……它要热死我……憋死我……

15 悲惨的比赛前夜

绿胶咕嘟嘟地冒着泡，抖动着在我身上扩散，腐臭的气味熏到我的脸上，我极力按捺着不吐出来。

在恐慌中，我屈起手指，像爪子一样抓向自己的胸膛，拼命地用手指挖了进去……然后拉……拉……

太好了！

我的手指插进了黏湿的胶体中，用力握紧，然后狠命地一扯。

太好了！

啪的一声，我将一部分黏胶扯离了胸口，然后用双手揉成团——再用更大的力气一拉。

魔血像皮筋一样拉长了，接着就啪的一下，从我的身上脱落，弹进了手里。我连揉带拉，直到它变成紧紧的一大团。

我紧紧地用双手钳住它，将它用力压实，到最后它变得像篮球一般大小。

接下来又该怎么办？

我还在大口大口地喘着气，心跳得像冲击钻一样。

魔血已经从身上扯下来了，但我还是感觉黏糊糊、热烘烘的，发痒的皮肤上还留着它的气味。它在我手里突突地跳动，不停地冒着泡。我跌跌撞撞地钻进壁橱里，在底层找到一个帆布包，将魔血塞了进去，然后拉上拉链，关上壁橱门，最后扑倒在床上。

第二天早上，我脚步蹒跚地下楼吃早餐，红彤彤的两只眼睛涩得发烧，头重得抬不起来，全身都痛。

我走进厨房——发出痛苦的呻吟。

今天早上，如果说居然还有人有胆量露面的话，连猜三次，都会是蠕虫布莱德利·沃姆瑟。

他笑嘻嘻地看着我，好像我们俩之间什么事都没有一样。

"怎么啦？"他问了一句，然后举起手，想跟我击掌，但我视若无睹地从他身边走了过去。

"你看，伙计，"布莱德利说，"今天早上我不用吃你那碗麦片粥了，你妈妈也给我做了一碗。"他举起那碗麦片粥，像得了奖似的。

"恐怖。"我嘀咕一句，坐在他对面吃麦片粥。莉薇坐在布莱德利旁边，正用叉子把炒鸡蛋戳烂，她喜欢把它弄成烂糊糊再吃，不要问我为什么。

我东张西望，好看清楚妈妈确实不在厨房里。我不想把楼上有魔血的事告诉她，她知道肯定会吓坏的。爸爸也帮不上忙，他到外地去了。

我向桌子对面凑过去。"布莱德利，听我说，"我小声说道，"我们遇到麻烦了。"

他把碗扣在脸上喝麦片粥，发出呼噜呼噜的巨响，然后哈哈地笑起来，觉得自己很会搞笑。

"我是说真的，"我压着嗓门说道，"魔血……已经不受控制了，它让我的盆栽疯长，还……"

布莱德利在莉薇的鼻子前打了个响指。

"住手！"莉薇尖声大叫，用胳膊肘一捅布莱德利，"不要冲我的脸打响指，蠕虫！我是说真的！"她又捅了他一下，"你碰到我的鼻子了。"

他哈哈大笑。"什么鼻子？"他叫道，"你那个大疙瘩就是鼻子？"

"闭嘴！"莉薇喝道，"至少我的不像一条细细的虫子！"

布莱德利又照着她的脸打了个响指。

"布莱德利，好好听我说，"他们俩吵了起来，我不得不放开喉咙大喊大叫，"我们一定要解决它！我的盆栽……"

妈妈冲进了厨房。"吵什么？"她捂着耳朵叫道，"快走吧，你们三个，快出门，你们全都要迟到了。"

她伸出一只手，按在我的肩头。"爸爸今天下午不能去看你比赛，他特别遗憾，我会尽量到场的，"她说着轻轻拍抚我，"我为你感到骄傲，马特。"

"谢谢。"我喃喃地说。

如果我在泳池里睡着了，你可就骄傲不起来啦，我心想。

我突然想把事情全都告诉妈妈，跟她说说我的鸟屋，告诉她布莱德利差一点儿害得我被赶出学校，还有我跟魔血的搏斗，以及它还在楼上我房间的壁橱里一跳一跳地冒着泡泡。

她会相信吗？

布莱德利和莉薇已经向前门走去，没有时间把所有的事告诉她了。而且，妈妈能说什么呢？她能怎么帮助我呢？

我必须自己找到解决的办法。

我把头伸出大门，朝利薇和布莱德利喊了一句："我马上就来！"

然后，我急急忙忙上楼，回到自己房间。我想再看一眼魔血，确保它没有从帆布袋子里逃出来。

我拉开壁橱门，心脏在胸腔里扑通乱跳。顶灯亮了——我发出惊骇的大叫。

魔血！它不见了！

16 麦片粥惊魂

我跪在地板上，往架子底层看去，看着放帆布袋的位置，那儿此刻空空如也。

我闭上了眼睛。怎么会这样？它怎么会不见了？

最后我还是站了起来，关上了壁橱门，因为我不想在游泳比赛时迟到。

巨大无比的盆栽在我的床上落下长长的影子，微微地摆动着。它的叶子有我的手掌大，须蔓粗得像我的手臂！

晚一些再想办法吧！我对自己说，现在只管去学校，集中精神参加比赛，不要再想这件事了。

我强迫自己挪动双腿来到街上。莉薇正站在路边等我，布莱德利小跑着穿过了街道，往学校去了。

莉薇坏坏地朝我一笑，握住胳膊将我拉近身旁，对着我的耳朵悄悄地说道："马特，你知道我干了什么吗？"

"啊？"我看着她，"你说什么呢？"

她把我拉到一个角落里，一直笑个不停。"昨天晚上我溜进了你的房间，"她说，"从壁橱里拿走了那个帆布袋。"

我陡地张大了嘴巴："你怎么知道的？你在偷看我？"

她在我的胳膊上用力拍了一下。"听着，我告诉你我干了什么事。今天早上，我从袋子里拿了一团那种黏胶，然后你猜怎么着？我把它放进了布莱德利的麦片粥里！"

说完，她仰起头，尽情地大笑起来。

我简直说不出话来，一口气堵在了嗓子眼儿里。"你怎么能这样？"我终于叫道。

她耸耸肩。"他活该。"她说。

"可是，莉薇，你不知道，那东西……"

"我知道，它吃起来恶心死了，"莉薇咯咯笑着说，"但是布莱德利根本没有注意到，你看到了吗？他把一整碗麦片粥倒进了肚子里！"

她蹦蹦跳跳地穿过马路上学去了，我看着她碰到了三四个女孩子，一起七嘴八舌地聊起天来。不知道莉薇会不会把她那个"很棒"的恶作剧告诉她们。

好一个恶作剧，我脑子里乱乱的，布莱德利毫无觉察地吃了一团魔血。

莉薇会让布莱德利中毒吗？他会病得很严重吗？会有更糟糕的情况出现吗？

我想起房间里那盆植物，想起它伸展着巨大的叶子和须蔓。布莱德利是不是已经疯长成一个巨人了？

我大大地吞下一口早晨的温暖的空气，拔腿向学校跑去。

肯尼和杰克——我的游泳队队友——在一个街角喊我，我匆匆地朝他们挥挥手，低下头接着跑个不停。

几分钟之后，我从走廊里的孩子们当中挤出去——冲进了史考特先生的教室。

"布莱德利？布莱德利？"我的眼睛仓皇地在室内到处寻找，然后看到他坐在自己的位置上，正俯身打开书包。听到我的叫喊声，他抬起头来。

我呼哧呼哧地剧烈喘息，盯着他仔细看。他还是老样子，没有长高。

我一把抓住他的肩膀，想把他从座位上拉起来。"快点，"我说道，"你得去看医生。"

他笑了："你疯了吗？我又没病！"

我拉住他的衣服。"不是开玩笑的，"我说，"我发誓，你一定得去看看医生——快点！"

他推开了我的手。"不去，"他说，"你疯了！"

同学们都在看着我们俩。"他们又要打一架吗？"我听到一个女生在问。

我向教室前面望了一眼，史考特先生还没来。

我又转向布莱德利。"拜托——"我说，"我是你的朋友，不是吗？起来，求你了，我带你去看病。"

布莱德利一动不动，只是笑嘻嘻地看着我。"嗨，有件事你猜得到吗？"他说。

我也看着他："什么？"

"吃早餐的时候，我发现你妹妹往我碗里放了点东西，"布莱德利说，"嗯，知道我干了什么吗？我跟你换了一碗，马特，哈哈！你吃了我那碗麦片粥！"

17 魔血发作

你可曾玩过一种游乐园的项目，就是让你不停地转啊转啊，然后，突然间，你脚下一空，搁脚的踏板掉了，剩下你没着没落地在半空中继续飞转？

这就是我当时的感觉。

整间教室都在旋转，地板倾斜，忽起忽落。

布莱德利好笑地问："马特，你还好吗？"

我没有回答，只觉得浑身无力，头晕目眩。

我从他面前转身离开，跌坐进自己的位置，低头看着双手和双脚。我在长高吗？

没有，还是老样子。

我想着那棵植物。过一会儿，我的头也会一直往上升，升到天花板上去吗？那团绿胶会让我当着全班同学的面变成一个大怪物吗？

史考特先生走进教室，来到黑板前开始上课，伸手指着用黄色粉笔画的一幅地图讲解起来。

他在讲什么？我不知道，我集中不了注意力，一个字都听不进去。

我的耳边一直响着昨天晚上魔血在我桌面蔓延时，翻腾起泡泡的声响。我紧紧地捂着肚子。那令人作呕的翻涌声会从我的身体里面发出来吗？

我打了个嗝。

这是不是就要开始的征兆？

脖子后面好痒。

是因为魔血已经开始侵蚀我的肌体了吗？

六神无主，这是唯一能形容我内心感受的词。一整个上午，我都用汗津津的双手紧紧地抓着课桌，每时每刻都在检查自己的身体，寻找最微小的变化，最不易觉察的迹象……

我想强迫自己去听史考特先生的课，可是现在我的耳朵里轰轰作响，而且我还一直竖着耳朵，听是否有魔血在胃里翻泡的声音。

我应该想想放学后的游泳比赛。

专心，这是维多斯教练对我说的话。可是我怎么做得到呢？我一直在想那两个黑衣人，回想他们关于魔血有多危险的警告。

非常危险。而我却吃下了一团，感谢我那可爱的妹妹。

上午的时间缓慢地过去，中午我没有吃饭。相信我，我一点都不觉得饿。

我到了更衣室，检查护目镜和参加比赛用的游泳衣。其实，我到这儿是想躲起来，这里肯定没有人，我不想和任何人说话。

我来到游泳池边。热腾腾的水汽扑在脸上，感觉很舒服，我喜欢这浓重的氯味。弯腰试试水，温度正好。

专心……专心。

但我的心思主要都放在盼着自己不要长高上面。我回到史考特先生的教室，一路咬紧牙关，肚子绷得紧紧的，每过两秒就要往身上看一眼。

这是我一生中最漫长难熬的一天。

我不停地看着钟。能撑到游泳比赛结束吗？

就快到三点的时候，我的胃开始翻腾搅动，两只手开始发痒，热热的汗珠从额头上冒了出来。

开始了，我心里想到。我满怀惊恐，呆呆的，无法动弹，突然觉得腿上凉飕飕的，不由得低头看去。啊，不……

我的两条光脚杆从牛仔裤里露了出来。

妈妈把我的牛仔裤洗缩水了吗？我问自己。但是，我心里很清楚，知道发生了什么事。

衣服变得很紧，袖子缩到了胳膊上，领子紧紧地箍着我的脖子。

胃里搅动得厉害，好像我身体里面装着一个大海。

来了，它发生作用了。

我四肢疼痛，能感觉到它们在生长！

下课铃响了，我想跳起来，却被夹在了桌椅之间！我用力挤了出来，从座位底下拿起书包，椅子突然显得小了好多。

运动鞋变得夹脚了，走路都有困难，不过我还是跑了起来。布莱德利在身后叫我，但我没有回头。

我跑过走廊，一双大脚啪啪地拍打在地面上。我想跑到更衣室去，在别人看到我，发现我越长越高以前，把衣服换掉。

心脏重重地敲击着胸膛，我冲进更衣室，跑到墙镜面前。啊，天哪，我至少已经高了三十厘米，我长得有多快啊！

我活动了几下肌肉。感觉不错！但是，不用说，我不可能因此高兴起来。我绝不想让所有人都眼睁睁地看着我变成一只巨大的怪物。

也许，我心想，如果尽快下到游泳池里去，就能把这副巨大身躯藏在水底下，别人也许注意不到。

我穿上泳衣，好紧啊，腿差点儿钻不进去。我在肩膀上搭了一条毛巾，佝偻着身子，尽量把自己往下压，走了出去。

到泳池去，马特，在别人看到以前，快走到泳池去。

就快到游泳馆的大门了。

"哟！"我吃了一惊，维多斯教练拦住了我。"嘿，马特——停下，"他说，"你不能下水！"

18 超级马特

　　我浑身一紧，呆住了，吃惊地看着教练。肩膀上传来噼啪一声，这是长个儿的声音。他也听到了吗？

　　微笑浮现在维多斯教练的脸上。"我还没有祝你好运，所以你不能进去！"他说着跟我击了一掌，"大家都看好你，小伙子。"

　　我暗暗地松了一口气，准备从他身边走过去。

　　但是他伸出一只手，再次把我拦住。"嘿，你是不是长高了？"他问道。

　　我的脑筋转得飞快。"呃……是的，"我说，"我最近在努力增加体重，看来挺管用。"

　　说完，我匆匆推开门，到了游泳馆里。热腾腾的水汽夹杂着响亮的喧哗声，迎面向我扑来。费尔蒙特队的选手已经在水里试游了，他们的教练吹着口哨，大声地鼓励自己的队员。

　　对面的看台上坐着二三十个人，有几个是学生，大部分都是家长，其中没有我的妈妈。也许她被什么事耽搁了，我心想。

我向从更衣室出来的几个队友挥挥手，然后跳入水中。到目前为止，大家还没有发现我已经有了这么大的变化。

我潜在水下，游了一个来回适应水温，然后换成蝶泳。就在这时，我突然有了一种很异样的感觉。

我看着自己的双手，它们还在长，此刻已经快有棒球手套那么大了！

四肢正在拉长，我能感觉得到——就像有人在用力拉扯一样。我的游泳衣似乎已经撑到极限，就快爆裂了！

现在，我长得更快了——快得眼睛都能觉察出来。

我把脚踩到泳池的池底，在六英尺水深的泳池里站着，我的头还能伸出水面！

啊，不好！

灵光一现，我突然明白了这是怎么回事。我的盆栽，魔血曾经掉进盆里，然后我给它浇了水。

在我浇水之后，那植物就开始疯长。

而此刻我在水里。从我碰到水的那一刻起，我的长速就加快了！

我抬眼望向观众席，没有妈妈的身影。

很好！我心想，我可不想让她看到我这副样子。

第一项比赛是五百米自由泳，也是我个人的第一个项目。各队已经在排队了，身穿黑白条纹上衣的工作人员正在摆弄手里的发令枪。

我还能游吗？这个想法让人害怕。我的块头是不是太大，不能游了？我还能做出正确的动作吗？

我低下头，试着用蛙泳的姿势游了一下。哇塞！真不敢相信！速度简直惊人。我浑身充满了力量，破水前进，像一条发动攻击的鲨鱼！

人类不可能游出这样的速度！我对自己说。泳池在我眼里突然变得那么小，我只要划四五下水，就能从一头游到另一头！这场比赛我不赢是不可能的，我可以打破历史上每一项中等级别的游泳纪录！

只要没人看到这个……

只要没人看到我在顷刻间已经长到超过八英尺了！

没时间为这个担心了，我游到杰克和肯尼两位队友中间就位，弯着膝盖，把身子俯得低低的。

我们互相冲对方竖起大拇指，然后低下头，做好预备姿势。

发令枪声响起，回荡在铺着瓷砖的墙壁之间。

比赛开始。

19 史上最高纪录

我一蹬泳池壁,在水中伸展身体,片刻之后就碰到了另一头的池壁,然后转了个身。其余各位选手都还在半路上。

我决定不要把他们逼得太紧了,于是在下一个来回放慢了速度。但我的胳膊是那么有力,我的每一次划水都带来强劲的推动力,我在水里飞速前进,像一枚火箭一样!

"太神奇了!"我忍不住,大声地叫了起来。

我从没有感受过那么快的速度——那么大的力量——一辈子都没试过!太吓人了!我是火箭!是游泳机器!全世界游得最快的人!

还剩最后三个来回,我用上了全力。与其他选手交错而过的时候,我激起的水花像一股大浪。他们落后了多少?整整两个回合!

观众席上的欢呼声、尖叫声、惊叹声传入耳中,我抬头一瞥,看到维多斯教练站在泳池边上。他弯着腰,双手撑在膝盖上,瞪圆双眼看着我,下巴张得简直要碰到地板上！

我转了个身，进入最后一个来回。世界纪录，我来了！

"啊！"我发现自己慢了下来，手臂的肌肉好疼。

我的双手拍打在水里，发出哗啦哗啦的响声，一双大脚在身后激起高高的水花。我的胳膊……肩膀……都在疼。

我极力想往前游，但只能像只肥海象一样在水面上扑腾！

怎么回事？我很奇怪，什么地方出问题了？

"游！游！游！"我催促着自己。

我的手笨拙地拍打，搅动着池水，胳膊上阵阵悸痛。我踢水的动作已经完全不成样子，没有足够的力量让我前进。

其他选手从我身边游过，我想追上去，但是体重太大……我重得游不动了，光是为了不沉下去，已经使出了全身的力气。

我个子太大了！我意识到，我是一个体型庞大、肌肉僵硬的大块头！

选手们全都超过了我。肯尼游过我身边时，抬起头，迷惑不解地看了我一眼。

我胸口好疼，双腿上的痛楚一阵一阵地袭来。

我知道，我再也游不动了，力气不够了。

不顾胸口的疼痛，我深深地吸了一口气，做最后一搏，在水中笨拙地向前扑去……

……碰到了泳池壁！

过了好一会儿，我才听到维多斯教练的叫声。

他在说什么？我赢了？啊？我真的赢了这场比赛吗？

我把身体沉在水面以下，将头抬了起来，听到了排山倒海般的叫喊声和欢呼声。"马特——真是令人难以置信！你打破了史上最好的纪录！"维多斯教练盯着秒表，高声喊道。

肯尼和杰克，还有别的队友簇拥在我周围，他们高举双手，纷纷与我击掌，用水泼我，拥抱我，像发了疯一样。

闪光灯亮成一片，尖叫声和欢呼声持续不断。

我高高扬起两只拳头，发出胜利的欢呼。以前哪一次游泳比赛的胜利都没有这次让我高兴！

我的快乐只不过持续了几秒钟。

然后，冰冷的恐惧袭上我巨大的身躯。耳边的欢呼声渐渐消逝，队友们的身影在我眼里模糊一团。

裁判已经吹响了口哨，正为下一个项目的开始准备清场。

这是我面对的第一个大难题。我怎么才能做到出水之后不被大家发现我有八九英尺高？如果现在爬上去，我心想，所有人都会发现，我是一个庞然大物！一个妖怪！

"来啊，马特。"肯尼招呼我一声，向更衣室走去。

"走吧，伙计！"维多斯教练笑容满面。

"我就来，"我向他俩挥挥手，"不过要先……呃……先放松一下肌肉，我有一点点……抽筋。"

泳池里很快就没人了，下一个项目的选手纷纷入水。

我必须走了，必须出水，可是怎么出来呢？

有办法了，一个不是办法的办法。

我转身离开人群，溜着泳池的边儿——向深水区走去。我知道，那边有八英尺深，没问题，我身高不止这个数！

我走到深水区的尽头，环顾周围。没人留意我，所有人都盯着新出场的选手。我爬出水，冲到了看台的后面，然后湿淋淋地站着不动，随时准备听到有人发出惊叫。不，没人看到我。

好了，好了，我能过关的，我心想。

我从后门溜出去，穿过通向更衣室的长走廊，红色的更衣室大门就在前面。

离我只有几步了。

刺啦！

我的小游泳衣裂开——从身上掉了下来！

我背靠着墙，全身上下一丝不挂。

更衣室的红门仿佛远在一里以外。

而就在这时……我听到了说话声——女孩子的说话声！就在走廊里……往我这边来了！

20 女更衣室的秘密

我东倒西歪地往前冲，湿脚板在地上一滑，我扑了出去，正好扑到门上，将门猛地撞开——隐身在更衣室里。

灯是关着的，对面墙壁的顶部开着窗，傍晚灰蒙蒙的光线从外面透了进来。

更衣室里没有人，大家都在游泳馆里。

我穿过长长的两排储物柜，在尽头找到自己的柜子。我得低低地弯下腰，才能够到密码锁，在幽暗的光线下，上面的转盘很不容易看清。

周围的任何一丝响动都让我紧张，浴室里的滴水声、头顶窗户上树枝的拍打声，还有游泳馆里的同学们为另一次胜利发出的欢叫声。

我打开柜门，十万火急地拿出一堆衣服，举起平脚内裤——

太小了。

我连一条腿都伸不进去。

我浑身颤抖，水还一直往下滴，又拿起了牛仔裤和 T

恤，但它们看起来就像布娃娃穿的一样。

"我可怎么回家呢?"我问出声来，这句话仿佛飘浮在更衣室潮湿的空气中，"我身上一件衣服都没有，怎么回家?"

我的视线落在浴室外的长凳上，那儿摆着一叠毛巾。我拿起其中的两条，把它们接在一起，围在了腰上。

好吧，好吧，至少我现在有块遮羞布了。

可是这个样子还是不能走回家。

我拼命地动着脑筋。我觉得自己身体笨重，行动迟缓，好像还待在水里一样。

我走到镜子面前，现在，不弯腰我都看不到自己的头了! 我还在长吗?

这念头叫我一阵战栗。

突然……我想到了一个办法。有时候，对我的科学头脑，就连我自己也大为惊叹!

没错，这主意有点儿太不顾一切，甚至有点疯狂，但我又想起了那盆植物，受到了启发。

我敢肯定，水能促使魔血发挥作用。在我给盆栽浇水之后，它开始长大，而等我跳到水中，我的身体也立即疯长起来。

这样的话，如果我把自己弄干又会怎样？

也许我会往回缩，也许能恢复正常的身高？

我的心跳快了起来，充满了兴奋和期待。会有用的，真的会。

以前有人告诉过我，女生的更衣室里有吹风机。我摸索着围在腰上的毛巾，确保它系得紧紧的，严严实实的。

然后，我把头伸进走廊。里面没人，游泳馆里传出的欢呼和叫喊不绝于耳。

我一路狂奔，冲向女更衣室，大脚板啪啪地打着地面。然后我小心翼翼地把门推开一条缝，向里面张望。

要千万没有人才好，千万！

"有人在吗？"我叫了一声。本来我想压低声音，但我的新嗓子却像打雷一样轰隆隆响。

安静，没有回答。

"太好了！"我溜进了黑暗中的长条形房间，第一个念头是：这儿没有男生更衣室那股汗酸味儿和臭味儿。

储物柜的门全都关着，房间里很整洁，所有东西都摆得井井有条，除了一只蓝色的背囊扔在一条长凳下，还有一双红白两色的运动鞋放在铁丝垃圾桶旁边。

嘿，我从没想过自己会进这儿来。我一直不停地东张西望，如果被人发现，该说什么？

我快步走到里面的化妆室，那儿有一排洗手盆，还有一整面墙的镜子，有两台吹风机挂在洗手盆上方。

我把吹风机从钩子上取下来，两手直发抖。看看插头，它是插上的，于是我按下了开关。

吹风机呼呼地转了起来，从喷管里吹出来的风越来越热。

这个办法会有用吗？我是个天才吗？还是我完全疯掉了？

我将热风吹向胸口，就这么一直不动，直到皮肤发烫。

我又对准手臂和肩膀吹了一会儿，然后弯下腰，将热风送到腿上，接着又回到胸脯上。

快呀！把我吹干！把我吹干！

照照镜子，不，一点变化都没有。

我还是一个九英尺高的巨人，巨灵掌里捏着个微小的吹风机。

"这个办法必须有用！"我冲着镜子尖声大叫。

然后又弯腰吹了吹双腿。

这时，吱呀一声，更衣室的门打开了。

"啊，不！"我吸了一口冷气——关掉了吹风机，然后就这么愣在当场，一手拿吹风机，另一只手死死地抓着围在腰上的毛巾。

女孩的说话声传来。

我迅速从镜子面前闪开，紧贴着墙壁站好。

来不及了。

一个女孩大声说道："嘿！你在这儿干什么？"

21 寻找解药

我屏住呼吸，后背紧紧地贴在冰冷的瓷砖墙上。

"你在干什么呢?"那女孩又问了一句。

"我要拿回我的背包，"另一个女孩回答说，"上完体育课我把它落在这儿没拿。"

"哦，快点儿，凯特琳，游泳比赛已经过一半了。"

直到她们关门离去的动静传来，我才敢呼吸，然后长长地嘘出一口气。

好险哪。

我把吹风机挂回到钩子上，又紧了紧遮羞的毛巾。那个所谓的好办法不过是彻头彻尾的失败。

必须找人帮助我才行，我得回家，好好想办法。

我鬼鬼祟祟地穿过学校，飞快地溜出后门。太阳已经比树还低，空气清冷而湿润。

也许，我心想，如果我一直猫着腰，躲在树篱和矮树丛后面的话……说不定可以神不知鬼不觉地回到家里。

……

没错，我到家了。

我偷偷走近厨房门，从窗户向里面望去。妈妈不在家，于是我推开门，跳了进去。

厨房里面好暖和，还弥漫着一股巧克力的香味，我从来没有觉得来到厨房是一件这么开心的事。

我往客厅和书房里看了看，一个人都没有。我知道莉薇到她的朋友玛莎家去玩了。妈妈会不会去了游泳馆，等着看我的下一场比赛呢？

这个问题我眼下没时间想，要想的只有一件事：找到魔血的解药，把自己缩回到原来那好得不得了的五英尺二英寸。

这屋子看起来好小，我知道，餐桌对我的身高来说也不合适了。我迈着沉重的步子上了楼梯，来到自己的房间。在一路的狂奔之后，我的两条腿一直疼到现在。

我先闭上双眼，然后才走进房间。拜托，让我看到那盆植物已经恢复了原来的大小。

没有，它巴在天花板上，巨大的叶片挡住了灯光。

我倒在床上，床发出咔啦一声响，断了一条腿。我自己的床已经吃不住我的重量了。

慢着，我又想出一个主意。

也许布莱德利能帮我一把。我想起他最初把魔血拿给我看时说的话，他说那只绿色的塑料蛋是装在一个盒子里的。

布莱德利还留着那只盒子吗？也许上面有如何变小的办法。

我的手机在 iPod 底座旁边，就在床头柜上。我抓起它，掀开盖子，布莱德利的号码我再熟悉不过了。

我按了一下按键，再按了按，又戳了戳。

啊，不好。

我的手指太粗，一次就会按下三四个键。

我愤怒地大叫一声，举起手机砸在墙面上。

得到隔壁去找他，我心想，但是不能这么围着毛巾去。

于是我想到了爸爸那件很大的旧雨衣，那是他在一家廉价的旧货商店找来的，买它不过是为了好玩。他总是说，那件雨衣大得可以装下两个人！

妈妈还留着它吗？它还在地下室的储物间里吗？

我轰隆隆地往楼下走，楼梯被我沉重的身躯压得嘎吱嘎吱响个不停。我在地下室的储物间里找到了那件雨衣，它散发着一股樟脑丸的味儿，但我不在乎，把它穿在了身上，然后系紧腰带。这件巨大无比的雨衣穿在我身上正合适！

我又拖着笨重的身子上了楼，我的脚那么大，台阶只容得下一个脚尖。

"布莱德利，但愿你在家，"我喃喃地说，"但愿你还留着装魔血的盒子。"

我推开前门——然后陡地惊叫起来。

那两个黑衣人！看到我，他们也发出了尖叫，并且在门廊里连连后退，一边还目瞪口呆地盯着我。

"你……你有十英尺高！"其中一人骇然说道。

本来，看到他们我吓了一跳，心里很害怕，但很快又想到他们能帮助我，正好是我需要找的人。

"看看我！"我叫道，"我成了一个巨型的怪物，没错，你们想要的东西在我这儿！"

他们张着嘴，愣愣地盯着我，一句话都不说。

"魔血在我这里！"我打雷似的说道，"你看它把我变成了什么样子！你们能帮助我吗？"

我巨大的声音变了调。"求求你们帮助我！"我叫道，"我保证—— 一定把魔血还给你们！"

那俩人同时眯起了眼睛向我看过来。

"魔血？"其中一人说道，"魔血是什么鬼东西？"

22 黑衣人的身份

现在，轮到我合不拢嘴地看着他们了。"魔血，"终于，我说出话来，"你知道的，你们想让我还回去的东西啊。"

他们交换了一下眼色。"我们压根儿不知道那个东西，"满手戒指的那个人说道，"我们是臭气弹制造公司的员工。"

"有一批出了问题的产品被卖了出去，"他的同伴说，"臭得太厉害了，会让人们非常恶心。"

"是你订购的吗?"先前那人问道，"我们可以把钱还给你。"

这两个人根本帮不上我的忙，我发出长长的叹息。"你们找错人了，"我伤心地摇着头说，"是我的邻居订购了臭气弹，我们已经用过了，确实恶心得要死，但我们没什么事。"

"很抱歉打扰了你，"戒指手说了一句，和同伴忙不迭地转过身，快步向他们的车走去。打开车门的时候，他回头冲我喊了一句："祝你好运，小子，有没有想过去打篮球?"

哈——哈，真是黑色幽默。

我看着他们的车开走，然后紧了紧雨衣的腰带，跑过前院，向布莱德利家跑去。

"哎哟！"我的头撞在大树的一根矮枝上，不由得大叫一声。哇塞，如果长到九英尺高，也许应该把身子俯得更低。

我上了台阶，来到门廊，把布莱德利家的大门敲得山响。"你一定要留着那只盒子，"我喃喃自语道，"一定要有说明书。"

布莱德利打开门，眼珠子突然鼓了出来，满脸的惊恐，发出毛骨悚然的尖叫。"巨人！"他惨叫道，"走开——快！我要叫警察了！"

"不……不……"我结结巴巴地说。

他在我面前狠狠地把门摔上。

"不！是我！"我用上了两只拳头，用力砸他家的大门。

门裂开了，我看到里面的铰链掉了下去，随着砰的一声巨响，门板向屋内轰然倒塌。

我不知道自己有这么大的力气！

震耳欲聋的警报声响起，防盗警报！

布莱德利浑身打着哆嗦，站在门廊里，眼睛依然向外鼓着，一步一步往后退。

"布莱德利，是我！"我高声大叫，压过了警铃声，"是马特，是魔血让我变成这个样子的，你一定要帮帮我！"

他仰面看着我。"马特？"他的声音又尖又细，"真……真的吗？"

我在他头顶大声吼道："装魔血的盒子在哪里？布莱德利，你还留着吗？"

"也……也许吧，"他结结巴巴地说，"在楼上我的房间。"他转过身，往楼梯上跑去。

我想跟上去，但是，砰！我的头撞到了天花板，那楼梯是不可能经受得住我的。

防盗警铃响个不停，声音忽高忽低，我抬头向二楼看去。"还在吗？能找到吗？"

这时，另一个尖厉的声音响起，从外面的街道上传来。

警察！警报把警察招来了！

我吓得全身发木。"布莱德利——快点！"我尖叫道。

不能让警察看到我这副样子！各种疯狂的念头从我的脑子里闪过。如果他们以为我是外太空来的巨怪呢？如果他们不管三七二十一，先开枪再说呢？

必须离开这里。

我从楼梯前转过身去，却看到两辆警车开到了房前的路边上。

　　"布莱德利？你在哪里？"我尖叫道，"布莱德利？"

23 另一种险情

三个穿制服的警察跑上了前院的行道。

我低下头，躲开天花板上的灯，跑向布莱德利家的后院。

"警察！"倒塌的大门外，一个浑厚的声音高声叫道。

他们看到我了吗？我打开厨房门，溜进后院，朝自己家跑去。

才跑了一半，身后有脚步声传来，还有沉重的呼吸声，一个黑影在草地上，从后面向我接近。

警察！惨了！

我转身面对他们。

"啊！布莱德利——是你！"我叫道。

"我……我找到盒子了，"布莱德利小声说着，举起盒子向我递过来。那是一只绿色的盒子，上面汁水淋漓地写着红色的"魔血"两个字。

"来，快点。"我说着，跑向自己家的厨房。

我推开门，低头走进去。

101

"啊?"慢着！我惊讶得呆住了。

我用不着弯腰就可以进门了。

我把着门，抓得紧紧的。有什么东西正在把我往下拉，一种看不见的东西……越拉越紧……把我向下拉……压迫着我……

全身都在疼，我不停地发出呻吟。

然后我猛地一惊，这才意识到自己在缩小。

我看着自己的巨灵掌越变越小，就像气球在慢慢漏气。

胳膊也往里缩了，地面仿佛向我升了过来，但我知道，其实是我在收缩……向下……离地面越来越近。

顷刻之间，我已经只比布莱德利高几英寸了，而我还在继续缩小……缩进巨大的雨衣里……慢慢消失。

消失?!

是的！我缩得太快了，缩得太厉害了！再过几秒钟，我会变得像虫子一样小，然后……没了！

"救命！救命!"我尖叫起来，极力挺直身子，想保持高度，想把自己拉长。

但是，我无法对抗那股将我向下拉的力量。

我抓住门板的边缘，极力抵挡铺天盖地而来的恐慌，它让我喉咙发紧，无法呼吸。

压倒一切、令人头晕目眩的恐慌。

眼前的布莱德利好像在长高，越来越高。

我知道，我无法让身体停止收缩。

再过一小会儿，我将永远消失在世上。

24 神奇脱险

　　脚下的地板飞快地向我升上来，厨房里的灯刹那间显得格外遥远，我觉得自己好像一只小耗子，伸直了脖子仰望着天花板。

　　"想点办法啊！"我向布莱德利尖叫道，"我止不住啦！"他瞠目结舌地看着我，两只眼睛发狂地乱转。

　　"快看魔血盒子！"我大声喝道，"写的是什么？读出来！"

　　布莱德利把盒子凑到面前，两手瑟瑟颤抖。他捧着它翻来覆去地找了一会儿，找上面的说明，然后又失手弄掉了它，盒子落在了地板上。他弯下腰想去捡——却又一脚踩了个正着。

　　"快啊！"我哀求说。我感觉自己的骨头在压缩……皮肤在收紧……"哇，等等，我找到了。"布莱德利终于说道，然后开始读盒子侧面的文字：

　　　　希望这个十二小时版魔血的样本能给你带来

　　乐趣，想要更加刺激的效果，可用此赠券八折购买全新的改进版长效魔血！

"它只是一个样品，"我高兴地大叫起来，"是的！是的！只是样品——它开始失效了！"

我跑到走廊的镜子面前，张大嘴看着自己的样子。太好啦！我已经恢复正常的高度了。

"棒极了！"我转过身，高举双手，跟布莱德利击了一掌，然后又握起拳头，互相对了一拳。"我恢复了！我恢复了！"我大叫大嚷。

我急忙向楼梯上走去。"去看看我的盆栽，"我说，"我敢打赌，它肯定也缩小了。"

布莱德利跟着我上了楼，隔壁的警报声还在响个不停。

"哇塞！"布莱德利在门口猛地刹住脚步，发出一声惊呼。那棵植物依然爬在天花板上，没有像我一样缩回来。

"它……它简直像来自大森林一样！"布莱德利叫道。

"我想，魔血的效力在植物身上可能不一样。"我说。

无所谓，只要我恢复正常就好。

我们又回到厨房里——这时，妈妈冲了进来。"啊，感谢老天爷！你们俩都平安无事！"她高声嚷道，"歹徒冲进了隔壁屋子，把大门都撞烂了，但什么东西都没拿。"

"我……我知道，"我说，"我去了隔壁，妈妈，还……"

"去救布莱德利吗？"妈妈叫道，"你冒着生命危险去救布莱德利？马特——你真是太了不起了！"她将我一把搂进怀里。

该把真相告诉她吗？要不要把发生的一切对她说？

才不呢，她根本不会相信。

那天晚上，我待在房间里，剪掉了盆栽上的一些叶子，不然没办法走到工作台边去。我感觉非常好，不，是比非常好还要好。

我又恢复正常了，还打破了五百米自由泳的世界纪录，下一步，我就要赢得史考特先生的大奖了。

我动手将鸟屋的四面拼接起来。电脑线路已经准备好，可以安装了，我自信一定会创作出拿大奖的作品。

布莱德利做的肯定跟我的没法比……

25 他能逃脱吗?

第二天早上,妈妈开车送我去学校,车上载着我的作品。

我用两只手小心翼翼地捧着它,走进了体育馆。已经有几十个同学在这儿了,篮球架下搭起了一溜儿长桌。

偌大的馆内安静无声,同学们都忙着安置自己的作品。

我捧着鸟屋,走进第一条过道,到处找可以放它的地方。我在莎恩·迪尔旁边停了下来。她是我的同班同学,我非常喜欢这个有头脑的女孩儿。她正忙着将一条水管接在一个高高的塑料盒子后面。

我忍不住问道:"莎恩,这是什么?"

她没有抬头,专心致志地接着水管。"是一个向上流的瀑布,"她说,"我要证明地心引力并不存在。"

"酷!"我说了一句,继续沿着桌子向下走。另一个同学正在往一架结构复杂的金属装置里放电池,它看上去就像一只有十几条腿的昆虫。"这是一个'自杀机器',"他告诉我,"一按下开关,它就会彻底结果自己。"

"真厉害!"我说。

我还是觉得自己的鸟屋获胜的机会很大,它既简单又实用,而且它确实能起作用。我把它放好在长桌的末端,开始检查电脑的各项运行。我要确保向史考特先生展示作品时,它状态良好,一点闪失也没有。

很快,史考特先生沿着过道走过来了。他对每件作品都研究一番,还在一个长长的夹纸板上作记录。

我在长桌的末端,所以他最后一个看到我的鸟屋。温度控制和固定的防雨装置让他大加赞赏,我自豪地把电脑控制的喂食器展示给他看,他露出了笑容。

"马特,你改进了他的创意,"他说,"很好的想象力,电脑程序的设计非常出色!"

"谢谢。"我激动起来,心跳开始加速。

"有几件作品我要再看一眼,"他小声说,"还要看看布莱德利的鸟屋,不过,我觉得第一名应该是你了。"

他又沿着走道往回走。我想跳起来欢呼胜利,但心里知道还是应该再等一下。

我的视线沿着一排排桌子往前移。哇,等等,布莱德利在哪儿?

"怎么会这样!"我喃喃低语,布莱德利居然没露面!

我猜，可能是他的鸟屋失败了，要么就是他知道偷来的设计肯定赢不了。

我看到史考特先生沿着走道，大步向我走来，脸上笑容灿烂，手里还拿着一个银色的奖杯。我知道，他即将宣布重要的决定。

"马特……"他说。

就在这时，体育馆的门砰的一声被撞开，一棵大树从门口挤了进来。

不，不是树。

过了好一会儿，我才想起，那是我的巨型盆栽。它的须蔓像树枝一样伸了出来，巨大的叶子颤动摇摆，就像船帆一样。

布莱德利把花盆放在地面上，然后从那棵妖怪一样的植物后面走了出来。"嗒嗒！"他唱着开了腔，"史考特先生，我用紫外激光束照射，让这棵植物长大了！"

好一个骗人精。

高高的体育馆内响起一片"嗬！""啊……"的声音，回荡在四壁间。大家都看着这巨无霸一样的植物，一个个目瞪口呆，发出惊叹，有些同学鼓起掌来。

那盆植物飒飒地抖动，活像电影里的妖怪。肥大的叶片颤颤巍巍，反射着灯光，闪闪发亮，一条条须蔓时而卷曲，时而伸展，宛如一条条绿色的长蛇。

史考特先生把银奖杯递给了布莱德利："获胜者！"

欢呼声骤然响起。

我没有欢呼，我震惊过度，什么反应都没有了，只能伸手紧紧抓着桌子，不然就会摔倒在地。

不能饶了布莱德利，我暗下决心，不能让他把大奖骗到手。他完全是骗人的，而且，连那盆植物都不是他的——是我的！

我看着布莱德利和史考特先生，下决心一定要把布莱德利作品的真相告诉史考特先生，一定要阻止这件事。

我朝他们走过去，走到体育馆中间的时候，无意之中朝下方看了看。我看到一条像蛇一样的长须缠住了布莱德利的脚脖子。

布莱德利正高举奖杯，在头顶用力挥舞，享受着周围的欢呼和鼓掌，好像完全没有什么感觉。

又有一根长须伸过来，伸过来，缠住了布莱德利的膝盖。

布莱德利捧着奖杯，在照相机面前摆好姿势。闪光灯连连闪动，布莱德利越笑越开心。

我看到一根粗粗的须蔓缠在了布莱德利的腰上，接着又有一条卷曲着，缠上他的大腿。布莱德利大事不妙，但他一无所知！他能逃脱吗？

　　我决定立即展开行动。

　　我从一群新闻摄影师中挤过去，握住了布莱德利的手。"祝贺你！"我说，"这个结果是你应得的，布莱德利，确实是应得的！"

仅限一人

这里至梦成真！

前情介绍……

在和魔血的较量之后，马特意外地收到来自惊恐乐园的邀请，这让他兴奋极了。一个骇人精还给了他一张门卡，让他赢了每一场游戏。马特真是时来运转喽。至少他自己是这么想的。

马特很快就遇到了贝利和辛娜。他们看到了一家咖啡厅，隔着大玻璃窗，发现了失踪的朋友布兰妮和莫莉。马特凭门卡走进了神秘的咖啡厅——结果大吃一惊！布兰妮和莫莉不见了……

而辛娜竟然隐身了！

接下来还会发生什么？翻开下一页，和马特一起走进惊恐乐园吧……

1 透明的辛娜

凡是知道我——马特·丹尼斯的孩子，都了解我是个能扛事儿的人。我的意思是，任谁在一小时之内长到快九英尺高，都会变得挺能扛事儿的。

然而，此时此刻，在惊恐乐园旅店的小小咖啡厅里，我却只能呆呆地盯着镜子，完全傻了。两个女孩儿凭空消失，另一个女孩就站在我们旁边——可我们却看不见她！

这事太怪，我真的说啥也回不过神来了。

脚钉在原地，我眼睛直眨，可就是不能让屋子停止旋转。

惊恐乐园怪事多点没什么，本来就是以恐怖为主题的公园嘛！我心里安慰自己。这里不吓人才怪呢。

但把孩子变没真的是乐园的恶作剧吗？我的心怦怦直跳，还是确实有什么危险的事情发生？

眼前，咖啡厅墙上的那面大镜子上光影流动，像是不停地冒着气泡——简直就是个活物！

我猛地转头，把视线从镜子上挪开，看着刚刚才相识的贝利。他和妹妹也同样是收到了惊恐乐园的邀请才来的。现在他看起来可绝不是开心了。他的嘴巴咧着，眼睛鼓得快要跌出眼眶，满面惊恐。

咖啡厅空空荡荡，只有几排小桌子，上面铺着蓝白方格的桌布。

"救救我！"辛娜尖叫，"马特！贝利！赶快想想办法呀！我不要变透明！"

"我……我想不明白……"贝利结结巴巴地说。他舌头打结，使了吃奶的劲儿才把这几个字说完。

扑通扑通，心脏在胸腔里蹦跳的感觉异常清晰，我努力想理出个头绪来。

作为一个科学迷，我相信发生的一切肯定都有一个科学的解释。"这镜子是不是有名堂？"我问。

"我们刚进来的时候，我……我摸了一下镜子。"辛娜用颤抖的声音说，"我看见布兰妮和莫莉在镜子里，就伸手摸了一下。感觉很怪，这镜子好像有点软……还暖呼呼的。"

"这么说镜子确实有古怪！"我叫着冲到镜子前，伸出手。

"呀！"我大叫一声，手竟然插进了镜子里。

镜子确实又软又暖，还有点黏糊糊的感觉。我的手插进镜子，直没到腕部。我能感觉到那黏糊糊的一团正把我的手往里吸。

"休想！"我大吼着将手拔了出来。

贝利跑上前，也把手放到镜子上，但却没有丝毫异样。他用拳头敲，我也举起拳头猛擂。

镜面又是坚硬的玻璃了。

"肯定是骗人的鬼把戏！"我说，"不过，怎么可能一会儿软得像液体一会儿又……"

"别管镜子啦！"辛娜尖叫道，"想想办法帮我吧！你们难道忘了，我已经变透明啦！你们一定得救救我！"

我并没怪她的歇斯底里，不过，我突然又想到了一件事。

"也许布兰妮和莫莉还在这里呢？"我说，"就和辛娜一样，也许她们也只是变透明了！"

"呃？"贝利惊疑地看着我。

我开始高喊，随即贝利也和我一道喊了起来："莫莉？布兰妮？你们还在吗？"

"你们能听见我们说话吗？布兰妮？莫莉？"

"你们还在咖啡厅里吗？你们还在这里吗？"

2 怪兽警察

沉默。

实在太静了，我听得到耳朵里血管的跳动声。

辛娜的手抓住了我的胳膊。"赶快！"她说，"我们得找人帮忙。"

贝利和我一起向咖啡厅外面冲去。我知道辛娜紧跟在我们身后，瓷砖地板上响起了她的脚步声。

我们跑进旅店的长廊。天花板上挂满了蜘蛛网，黑白两色的墙纸上装饰着一个个咧开大嘴的骷髅头。

但这些假玩意儿谁在乎呢？我们的真问题还没解决呢！

"前台的骇人精会有办法的，"贝利说完吞了下口水，接下来又喃喃地道，"希望如此吧。"

"他上次都拒绝帮我们了。"辛娜说。

"这回不一样，"我说，"这次……"

我们转过拐角，迎面碰到两个骇人精。他们穿着橘黑两色的制服，帽子上的徽章银光闪闪——是"怪兽警察"两个字。这是他们的警衔。

我看了看他们的名牌。高个红头发的叫本森，身材矮胖、脑门儿上伸出一对紫色弯犄角的叫克雷姆。

之前我撞见过怪兽警察。一伙怪兽警察曾追着我满乐园跑，想把一位骇人精送我的那张奇怪的塑料门卡抢走。那门卡我已经妥帖地藏进了牛仔裤口袋。

他们可不是什么好惹的主儿。但这回，他们在我眼里变成了救星。"我们需要帮助！"我喘着粗气说。

"前台在那边！"叫本森的骇人精说着用手朝走廊那端一指。

"你们不了解情况！"我说，"我们有麻烦啦！贝利的妹妹变透明了！"

两位怪兽警察乜斜着眼睛瞧着我们。克雷姆抬手挠了挠左边的犄角，本森笑道："你们在开玩笑，是吧？"

克雷姆看着搭档，笑了笑说："博士对那个隐身人是怎么说的来着？对不起，谁让我看不见你呢！"

他们都笑了起来。

"这不是玩笑！"辛娜尖叫道。

他们好像根本没听见她的声音。

"这真的不是玩笑！"贝利重复道，"我们进了那边的咖啡厅，我的妹妹一下子就隐身了。我是认真的！"

笑容从他们脸上消失。克雷姆的黄眼珠在犄角下闪闪发亮，他紧盯着贝利，说："你妹妹在哪儿？"

"我就在你面前！"

辛娜的声音我听得真真切切，但两位怪兽警察似乎没有听到。他们是故意装做没听见吗？还是惊恐乐园的某种魔术，使得只有我和贝利才能听得到她的声音？

"她就站在你们面前！"我说，"我们走进咖啡厅的时候，还有另外两个女孩完全消失了！绝对不是我们捏造的！"

"这是乐园的什么把戏吗？"贝利问，"是你们搞的吓唬人的花样吗？你们明白我的意思。"

两位怪兽警察没有回答他的问题。

"你说有两个女孩失踪了？"克雷姆的黄眼珠眨也不眨地盯着我和贝利。

"我们本来看见她们在镜子里，"我说，"可一下子……"

"镜子？什么镜子？"本森吼道。

两个怪兽警察神情越来越紧张，他们迈步靠上前来，我觉察出有什么东西让他们很不安。

本森两手抔着腰问："这事是在什么地方发生的？"

"我跟你说过了，在小咖啡厅，走廊转过去就是了。"
贝利说。

"你们到底还要不要帮我啊?"辛娜哭着说。

克雷姆又伸手挠了挠犄角:"咖啡厅?"

"带我们过去!"本森命令道,"让我们瞧瞧那个有镜子
的咖啡厅。"

"然后你们会帮助我妹妹吗?"贝利问。

"那当然!"克雷姆不耐烦地说。

本森把帽子戴回到头上。"带我们过去就是了!"他
说。

我在前面带路。距离并不远,感觉却像几英里那么长。
辛娜气喘吁吁地跟在后面,我真的非常同情她,她肯定被
吓坏了。

我们弯腰钻过一片浓密的假蛛网。走廊远处传来一声
鬼笑,然后是孩子们的尖叫和笑声。

惊恐乐园应该是让孩子们游乐和欢笑的地方,我心中
想着,孩子们来这里,可不是为了失踪或者变透明的。

一定是出了什么可怕的问题!

我担心这两个骇人精警察根本就帮不上我们。

我们转过弯,沿走廊又向前走了一半。两个怪兽警察

紧跟在我们身后，眼睛直视前方。

"就在这儿！"贝利停住脚说，"小咖啡厅——本来就是在这个地方。我记得……"

我突然口干舌燥，耳朵里再次响起血管蹦跳的声音。

咖啡厅消失了。

除了厚厚的墙壁，什么都没有。

3 不存在的咖啡厅

"这怎么可能呢?"辛娜哭喊道,"怎么可能呢?"

贝利转头看着我说:"难道我们走错方向了?"

我摇摇头。"这里没错,就是这地方!"我用拳头敲打墙纸,感觉到的只是坚实的墙壁。

贝利手摸墙壁,沿着走廊向前跑了一段,估计是在看有没有暗门一类的东西。

片刻后,他返回来,眼睛里满是恐惧。

克雷姆沉下脸看着我和贝利。"这里从来就没有什么咖啡厅!"他说,"你们在捣什么鬼?"

"我们不是捣鬼!"辛娜尖叫道,"咖啡厅明明就是在这儿!你难道听不到我的声音?"

我决定尽力说服他们。"两位老兄,我们绝对没有瞎编,"我说,"这里原来确实有个咖啡厅,也真的有两个女孩消失了,而贝利的妹妹……"

"她就在你们面前!"贝利对他们说。

"你们到底想不想帮我们?"我问。

两个怪兽警察走到墙边，耳语起来，但说话的时候眼睛一直没离开我们。

最后，本森招手叫我们过去。"孩子们，跟我走吧，"他说，"抱歉耽搁了这么久。我想我和克雷姆警官可以帮你们的忙。"

"谢天谢地！"贝利舞着拳头叫道，"你真觉得能让我妹妹不再隐身吗？"

"差不多吧。"本森喃喃道。他和搭档快步向前走去，贝利和我得跑步才能跟上。我们转了一个弯，又走上另外一条又长又暗的走廊。

听脚步声，我知道辛娜跑在我和贝利之间。"你确定可以信任他们吗？"她问。

"我们还有别的选择吗？"贝利答道。

本森带我们来到走廊的尽头，停在一扇对开的大门前。门旁墙上有一块牌子，上面写着"探测室"。

克雷姆拿出一张绿色的门卡，在卡槽里刷了一下，门开了。"进来！"他挥手命令我们进去。

我脚下迟疑，问："进去干什么？"

"我们得对那隐形的女孩进行探测，"克雷姆说，"如果我们看不见也听不到她，就无法帮她消除隐形。"

这话似乎有理，我们跟着他们走进了房间。

眼睛刚一适应屋内幽暗的光线，我就禁不住倒抽了一口冷气。这巨大的房间不像实验室，倒更像恐怖电影里的酷刑室！

第一样进入视线的东西，是一把挺高的椅子，上面插满了红色和蓝色的电线——简直就是张"电椅"！旁边立着一个高高的木头架子，上头横着把铡刀样的东西，难道是砍头机？

一道圆锥形的光束打在白色长条桌上，桌面上摊着几条厚厚的束缚皮带。旁边一个柜子里装满了寒光闪闪的钢制工具。

墙边阴影里有什么机器在嗡嗡地运转。屋子当中是一排金属笼子——大小和狗笼子相仿。空气中满是尖锐的咝咝声。

我捅了一下贝利说："咱们还是撤吧！"

我转回头，门不知什么时候已经在我们身后关上了！

我后背一阵冰凉。"这是什么地方？"我喝道，"为什么带我们来这里？"

"为了帮助你们嘛。"克雷姆说。他搬出一张金属矮桌，类似医生用的诊断桌，桌子一侧有几个红色和黑色的仪表盘。

他开始鼓捣桌子底下的电线。

"我们知道该怎么解决你们的问题。"本森说着走近我和贝利，盯着贝利看了半天，然后把目光转向我。

"我们只不过是想帮帮你们。"本森说。在他身后，克雷姆把插头接通了电源，桌子上的仪表盘亮了起来。

"我们知道你们为什么会遇到麻烦，"本森慢条斯理地说，"因为你们拿了不属于自己的东西。"

啊——哈！我立马就明白他在说什么了。

那张门卡！藏在我口袋里的那张奇怪的门卡。

"马上交出来吧！"克雷姆说着伸出一只巨灵掌，上面长满了疙疙瘩瘩的红色和紫色赘疣，"交给我，你们的问题就解决了。我保证。"

我为什么无法相信他的话呢？

因为他太不会撒谎了，脸上的坏笑藏都藏不住。

"相信我们，"本森说，"我们是来帮你们的，我们希望惊恐乐园的每一位宾客都能玩得开心。"

贝利和我一动不动。

克雷姆又摸了摸弯曲的犄角，然后再次伸出长满赘疣的手说："你们当中有人手里有我们正在找的东西，现在就交出来，不要等我们自己来拿。"

我才不会让他们把门卡拿走呢！

在知道他们为什么这么急着要这张卡之前，我是不会交给他们的。

休想！没门儿！

但我该怎么办呢？

4 X光机

我的腿在打战，但我屹立不动，尽力保持镇静，与两位怪兽警察对视着，做出一副无所畏惧的模样。

我看得出来，贝利也在打哆嗦，他知道对方要的是什么，但他一个字也没说。

克雷姆抓住贝利的肩膀，把他向金属桌推过去，动作表面看来很柔和，并不粗鲁。

"我们也不想这么做，"他说，"没办法，如果你们肯交出来就皆大欢喜了。"

"我……我不知道你说的是什么，"贝利结结巴巴地说，"真的，我什么都没有。"

"躺到桌子上！"克雷姆说，"马上！"

"放开他！"辛娜在尖叫。

不过，骇人精依然听不到她的声音。

克雷姆长满赘疣的大手插到贝利的夹肢窝下面，把他举起来向金属桌上放去。

"你要拿我怎么样？"贝利尖声叫道。

"放松点，小家伙，"本森说，"我们不会伤到你的，这是一台X光机，仅此而已。"

"X光机?"贝利叫道，"可是……"

"你们当中有人有我们在找的东西，"本森说，"X光机会查出结果的。别紧张，用不了一分钟。"

我看着克雷姆把贝利放到照X光的桌子上。

嗬！我想，他们如此大费周章，更说明那张卡非同小可。我的脑筋急转，它到底有什么了不起的地方呢？

贝利仰躺在桌子上，双臂紧贴着身体。克雷姆俯身向他命令道："一动也别动！"

本森转动桌边上的几个旋钮，然后抬头望向墙壁上的一个显示屏。屏幕上，贝利的骨骼清晰可见，我还看到他口袋里的一盒口香糖。

"不在他这里!"本森对他的搭档说。

克雷姆把贝利从桌子上提起来，轻轻地把他放到地面。"谢谢你，孩子，"克雷姆说，"如果吓到了你，那我很抱歉。"

贝利摇摇头，向后捋了捋他的黑头发。他看着我，但什么都没说。

克雷姆挥手叫我过去："到你了，伙计!"

我的腿在发抖，心咚咚猛跳，但我绝不会叫他们看出我的恐慌。

"没问题！"我说。

不等他们动手，我自己躺到了桌子上。

5 逃脱追捕

我平躺在金属桌上，两手紧扣冰凉的桌面。从这个角度看不到显示屏，但我知道两个怪兽警察正盯着它瞧呢。

屋子里非常安静，只听到后面机器的嗡鸣，蒸汽发出的咝咝噗噗之声响个不停。

"也不在这孩子身上，"本森最终说道，"让他起来吧。"

克雷姆拉我站了起来。我站到贝利身边，几乎控制不住脸上的笑意。看来蒙骗这两位仁兄并非难事。

"现在我们可以走了吗?"贝利问。

克雷姆抬起一只疙疙瘩瘩的手说："还不行，咱们还得谈谈你们以为自己看到的那面镜子。"

我抓起贝利的胳膊，拉着他说："咱们走!"

我们向门口跑去，鞋子噼噼啪啪拍打着坚硬的地板，我边跑边回头看，只见两个怪兽警察已经起身追来。

"呀!"猛然间克雷姆大叫了一声，被什么东西绊倒在地，跟在后面的本森随即被他绊倒，头在金属桌上磕了一下。

我听到辛娜的笑声。"我把他给绊倒了！"辛娜叫道，"现在也许他该相信我的存在啦！"

两个骇人精正手脚并用地从地上爬起来，我们争取到的时间不多。

我试着推了一下门把手，两扇门纹丝不动。

"辛娜，快！"我叫道，"把门卡给我，也许能管用！"

没错，我就是这么骗过 X 光机的。我把门卡悄悄塞给了辛娜，她攥在拳头里，果然门卡也就隐形了。

此刻，门卡似乎在空中飘到我面前，我一把抓过来，在门旁的卡槽里快速一刷。

太好了！门卡这一次依然管用！门嗡地响了一声，然后刷地打开了。

我们冲出实验室，沿着走廊向前跑去。我推开酒店的后门，跑到门外。天上满是阴云，空气寒冷而潮湿。

僵尸广场上，一家家的大人孩子们正在游玩。"快！"我拉着贝利说，"我们得躲到人群里去。"

"可是……怎么躲啊？"贝利丧气地说，"那两个怪兽警察……他们马上就追到啦！"

我回头一瞧，只见他们正全速追来，边跑边喊："拦住那两个孩子！拦住他们！"

我又奋力跑了起来。脚步咚咚，我们跑过一家面具店，接下来是一家叫做"号叫"的商店，经过的时候，一声声号叫从敞开的门里涌出，叫人心惊胆战。

无处可藏。

"拦住那两个孩子！"骇人精叫道，声音就在我们身后。

我一转头——结果差点撞上一辆装满了干瘪头颅的车子。

"他们肯定会追上你们的，"辛娜的声音在身边响起，"要不要我再绊他们一下子？"

"不用，去那边！"我伸手向前一指，已经想到了一个主意。

我们从广场中央的一群群孩子们中间穿过。前面，人们排起长队等着进入幽灵剧场。

"排队！快，站到队伍里！"我叫道。

我们站到了长队末尾。我的想法是，追我们的怪兽警察不一定会注意排队等着进剧场的人。

贝利和我大口喘着粗气，队伍开始向前移动。

"别紧张！"我说，"也别回头看，别去看那两个骇人精。"

"可是……可是……"贝利磕磕巴巴地说着，碰了碰我的肩膀。

我转身一瞧，克雷姆和本森正朝我们走来，他们脑袋向前探着，眼睛直盯在我俩身上。

好吧，好吧，并非每一个计划都滴水不漏，我也从来没说过自己是个滴水不漏的人。

我们三个人于是又跑了起来。过了剧院，我看到一栋灰色、没有窗户的狭长建筑。正门上方的标牌用红字写着"坏博士实验室"。每一个字都像滴着血。

"走，进去！"我轻声说。我们从狭小的门口闪了进去。

里面又黑又静，空荡荡的。我用力眨眼，希望快点适应黑暗。

我们身处一间狭长的屋子里，墙壁都是黑色的。头顶上，红色和绿色的玻璃管子穿来绕去，一只聚光灯射出昏暗的光线，照着一张长条实验桌，桌子上满是冒泡的烧杯和闪光的试管。

一具骷髅穿着白大褂，正俯身在桌子一头，把绿色的气体从一只烧杯倒入另一只。

"欢迎来到我的实验室，"他声音微弱，是用录音机录下来的，"你们来得正是时候，刚好赶上我最新的一个实验。实际上，你们就是我的实验品！哈哈哈！"

"哇！我们可是刚从一个这样的实验室里逃出来呀！"辛娜说道，她依旧喘息未定。

"区别在于那间实验室是真的，"我说，"而这里的都是假货。"

外面传来人声。我们赶紧躲到桌子后面，跪在地上。我深吸一口气，然后这口气就一直憋着再也不敢出了。

片刻之后，我听到噔噔的脚步声，然后传来克雷姆的声音："他们在里面吗？"

"没有，我跟你说过了，他们准是进了剧场！"本森答道。

沉重的脚步声远去。我突然意识到自己依然屏着呼吸，于是慢慢把气吐出，接着站了起来。

我靠在桌子边上，努力让自己平静下来。

"终于把他们甩掉了。"我喃喃地说。

"欢迎来到我的实验室，你们来得正是时候，刚好赶上我最新的一个实验……"骷髅博士的录音开始播放新的一轮。

"现在怎么办？"贝利低声问。

"我真不明白！"辛娜说，"那些骇人精干吗不帮我们呢？他们为什么不相信我们的话？我们说了有两个女孩失踪，也告诉他们我变隐形了，可他们似乎根本不在乎！他们唯一想的就是抢走马特的门卡！"

"嘿！来瞧瞧！"贝利说，他正盯着一张矮架子上的几个大玻璃瓶，"这些瓶子里的动物脑袋都是真的吗？"

"这里没有东西是真的！"我说，"全都是搞怪的花样。"

"实际上，你们就是我的实验品！哈哈哈！"骷髅博士重复道，手里的烧杯不停地向外冒着绿色气体。

"我们得离开这儿！"我说。

贝利把一只盒子从架子上拿了下来。"好奇怪！"他轻声说，"这上面写着'不怕就试试'。"

我盯着绿盒子上面好像滴血一般的红字，那写的是——魔血！

贝利动手要打开盖子。

"不——"我厉声叫道，"别打开！"

6 遭遇魔血

贝利被我的尖叫声吓了一跳，手一颤，盒子掉到了地上。

盒子重重地撞到地面上，盖子一下开了。

"哦，不！"贝利和辛娜同声惊叫起来。绿色的黏稠物从盒子里汩汩地向外涌出。

魔血漫过地板，向我们站立处蠕动，发出咕唧咕唧的声响。接着，魔血蔓延速度越来越快，快速升高，就要直立起来，看上去简直像是有生命的活物。

我惊恐地倒退一步，一个个念头在脑子里飞快地转过。惊恐乐园里怎么会有魔血？

贝利弯下腰发疯似的想把那绿色的黏糊塞回盒子里，但魔血蔓延的速度太快了，眨眼间就攀上了他的脚面，并且开始顺着他的腿向上爬。

"把它从我身上弄下去！"贝利恓惶地叫着，拼命蹬动双腿。

"快跑吧！"我说着拉住他的胳膊，"它长得太快了！

咱们走！"

"我……我走不了啦！它把我的腿缠住了！"贝利都快哭了。

贝利弯腰想用两只手把魔血扒开，结果他的手也被咕嘟冒泡的黏糊粘住了，很快就陷进魔血之中看不见了。

"帮帮我！把它弄开！"他凄惨地叫道。

这时我看到鼓泡的魔血中飞快地伸出两只手掌的轮廓——是辛娜的双手，她来救自己的哥哥了！

"太黏了，弄不掉！"辛娜说。紧接着她发出一声惊呼，魔血爬上了她的胳膊！

我看不到辛娜，但我看得到魔血中她两只手掌挣扎的样子，也能看出她的两只胳膊在疯狂地扭动。

我僵在原地，目瞪口呆地看着涌动的魔血慢慢把他们俩覆盖。

"它……它就要把我们吞掉啦！"贝利呼喊着，"马特，救命啊！我们就快给吞掉啦！"

7 生死时刻

这怎么可能呢？魔血怎么可能跟着我到了这里？

我想帮伙伴的忙，但我也知道，一旦被魔血粘住，我也摆脱不掉被吞噬的命运。

我该怎么办？

我攥着拳头，肌肉绷得紧紧的，看着他们俩挣扎扭动，试图摆脱那快速增长的糨糊。

门卡！

我把手伸进口袋。对！这张帮了我几次大忙的奇怪门卡，也许它……也许这一次也能靠它化险为夷。

我的手抖得厉害，把卡从兜里拿出来都费了挺大劲儿。

我把卡高高举起，卡的前端对准贝利和辛娜。

什么都没发生。

魔血蠕动着爬向贝利的肩膀和脖子。他的黑眼睛向外鼓着，嘴巴张开，发出无声的尖叫。

我看得到辛娜手掌和胳膊的轮廓，不停地扭动挥舞着，竭力想从魔血的纠缠中摆脱。

"帮帮我们！马特——别呆着不动啊！"

我把卡掉个方向又试一次，还是没用。

我拿着卡小心地向前靠近，都快碰到魔血了。

"拜托了，显显灵吧！来吧！"我祈求着。

可是没有任何反应。门卡没显出一点效力。

"马特——它……都到我的下巴了！"贝利号叫着。

"太黏了……喘不了气……"辛娜的声音断断续续。

我手里还举着门卡，这时门口突然传来一个瓮声瓮气的声音："里面出了什么事啦？"

"啊？"我吃了一惊，猛地转身，差点儿滑倒在地。一个身材异常高大的骇人精噔噔噔走进实验室，毛乎乎的双手握成斗大的拳头。

他头上是一对黄色的短犄角，卷曲的绿色头发覆在高高的前额上，浓密的棕色眉毛下是一对闪亮的蓝眼睛。

我认出来了，不会错的，随着他阔步走近，我看清了他紫绿两色制服上的铜质姓名牌——拜伦！

拜伦就是我刚到这里时跟我接触的那位骇人精，给我门卡的也是他。

"这是怎么了？你们都干了什么？"他浑厚的声音再次震响。

我指了指还在挣扎的两个朋友。贝利和辛娜在一大摊蠕动的绿色魔血中几乎没顶了。"能帮帮他们吗？有什么办法吗？"我叫道。

　　拜伦皱起了眉头，他凝视了片刻那堆蠕动的绿色黏糊，然后转头看着我。

　　"抱歉，"他柔声说道，"还是说句道别的话吧，对他们来说已经太晚了。"

8 重陷险境

我嘴巴张开，无法呼吸。

拜伦眼皮一眨，蓝眼睛眯了起来，捏住毛茸茸的指头打了个响指。"哦，等等！"他说道，"我想到我有一样东西也许能管用。"

他伸手到制服里面，拿出一个方形的小东西。一开始我以为又是一张门卡，当看到光线反射回来，我明白它是什么东西了。

镜子，一面小方镜！

"应该会有用的。"拜伦对我说。他转动镜面，对准不停蠕动的魔血。

只听噗的一声大响。

那一大堆绿色糊状物不再蠕动，就在我瞠目结舌的当儿，魔血开始从贝利和辛娜身上剥离——向镜子涌去！

几秒钟之后我才意识到，魔血正被吸进镜子里。

不过，谢天谢地，真是奏效啦！魔血从贝利和辛娜身上倒卷下来，好似退潮的海水一般！我的心怦怦跳个不停，看着魔血像一道绿色的水流不断注入镜子。

几秒钟后，贝利已经安然站在我们面前，把残余的几摊魔血从 T 恤衫上扯下来。他转过头——又四处望了望。"辛娜？"他喊道，"辛娜？你在哪儿？辛娜？"

没有回答。

"嘿！"他向拜伦叫道，"我妹妹呢？我妹妹在哪里？"

拜伦稳稳地举着镜子，直到最后一滴魔血都被吸进镜面消失无踪。"你们在这里不安全。"他看了一眼实验室的入口说。"可是辛娜……"贝利想要说话。

"嘘！听我说！"拜伦严厉地打断他说，"你们在惊恐乐园真的很不安全。我本不该帮你们，但我会尽力。我会帮你们逃出去。""逃出去？找不到辛娜我不会走的。"贝利说。

"听我说……"拜伦道，"我……"

不等他说完，两个怒气冲冲的怪兽警察——是两个从没见过的骇人精——走了进来。其中一个从腰间的武装带上抽出一条轻巧的黑色警棍，快步走上前，眼睛盯住我和贝利，他的搭档则堵在门口。

我长长地叹了口气。这回是跑不掉了，我们被困住了。

"我们犯了什么错？"我叫道，"你们为什么要穷追不舍？"

9 神秘魔镜

"跟我们走吧，拜伦。"怪兽警察说着，从我身边走过，伸手抓住拜伦的肩膀。

"别轻举妄动，拜伦！"门口的怪兽警察说，"老老实实跟我们走吧。"

我连呼吸都忘了。到底怎么回事？不是来抓我们的？要抓的是拜伦？

"放开我！"拜伦吼道。他肩膀一抖，挣开怪兽警察的手掌，向旁边退去。

小镜子从他手里掉了下来，跌到地面上，摔成了碎片。

"快来帮忙！"怪兽警察向守在门口的搭档喊着，同时两手齐出，再次将拜伦揪住。

另一个怪兽警察蹲下身子，发了疯一样把碎掉的镜片从地上捡起来。

"奇怪！"看到碎镜片的变化，我忍不住叫了一声。

地上那些尖利的碎片——它们正在熔化！在怪兽警察的手指间变为液态，一汪汪闪着银光。

高大的怪兽警察抱怨地哼了一声，把镜片变成的一摊摊液体从地面上捧起来。他站起身，对同伴说："可以走了！"

拜伦挣扎着想摆脱控制。"你们不能这么做！"他态度强硬地说，"你们不知道我是谁吗？"

"闭嘴走路！"怪兽警察喝道。

他们把拜伦拉出了实验室，他一路不停地喊叫、反抗。

我只觉头脑发涨，太乱了，一切都没了头绪。我转头看看贝利，他一脸的沮丧。

汗水从他的面颊上一道道滑落，我听到他在轻声地呼唤："辛娜？你没事吗？辛娜？你还在这里吗？回答我！求求你了！"

寂静。

贝利擦去脸上的汗水，用颤抖的声音说："她……她也不见了，马特。你想她是不是也被吸进了镜子？"

我打了一个冷战。太诡异了！

"我们得去找拜伦，"我说，"他说过愿意帮助我们，这也是他被抓走的原因。必须找到他，只有他才能让辛娜回来。"

"但是，去哪里找呢？"贝利问。

就在这时，我看到了一样东西—— 一块在我脚下闪着银光的小小的碎镜片。

我俯下身，小心地把它捡了起来，道："贝利，你看。一块碎镜片，没有熔化。怪兽警察并没有捡走所有的碎片。"

贝利凑上前来，我们一起向碎镜片里面看去。

"不！"我尖叫道，"不要！"

在那块小小的三角形玻璃里，我看到了那两个失踪的女孩——布兰妮和莫莉。

她们骑在老式的旋转木马上，马和车子都是乳白色的。

两个女孩并肩坐在车厢里，慢慢地旋转着。

那旋转木马淹没在一片翻腾的火焰当中！

3号
惊恐
档案

努力确保你的生命
不安全！

为您服务
★
怪兽警察

如有需要请大声呼喊。
尖叫声对我们的五只耳朵来说
就像音乐一样美妙！

八根手指
向您敬礼！

本月明星警官：

霍华德·U·爱打鼻子

天生讨厌·袖手旁观·心术不正·沉默寡言

霍华德对所有惊恐乐园的游客送上一句衷心的问候：

"别在惊恐乐园里随便乱动。
小心我收拾你！"

面具尖叫

幽灵剧院 正在上演

"五星连珠！我预言这是一个灾难！"
——厄运夫人

极度魔力

——魔法世界

出现……
又消失

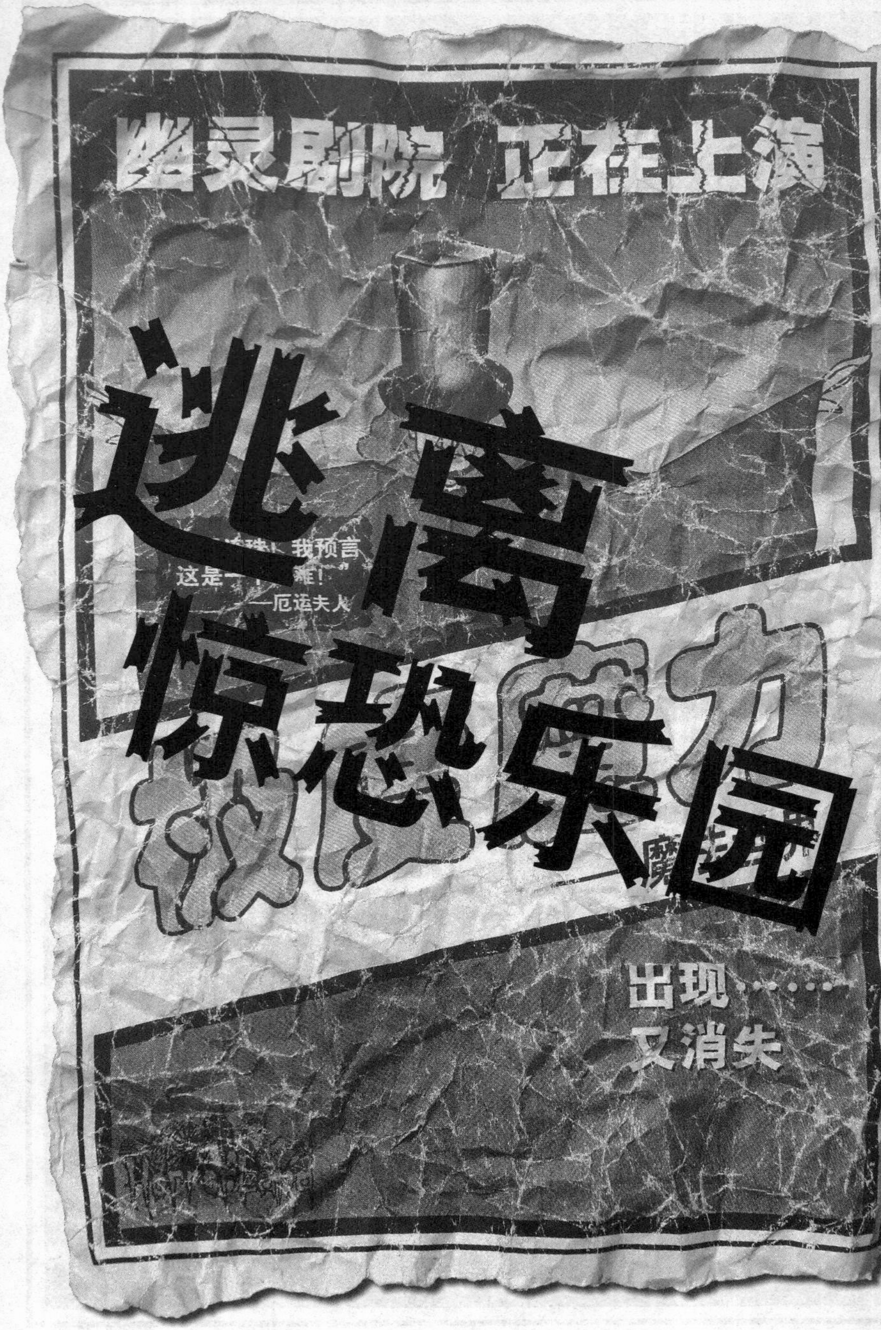
幽灵剧院 正在上演
逃离惊恐乐园
我预言
这是一
难!
—厄运夫人
出现……
又消失

1 夜闯地下室

我打开地下室的灯，握着铁扶手下了一级楼梯。楼梯好像一只老鼠，在脚下发出吱吱的尖叫。

光脚丫踩在冰凉的楼梯上，感觉好冷。我提起长长的睡衣，免得下楼时绊倒自己，又往下走了一步，边走边向那团黄色的灯光里望去。

睡觉时弄乱的褐色直发垂在脸上，我随手拨到肩膀后面。手瑟瑟地颤抖，因为我心里害怕极了。

暖炉是打开的，我听到地下室里有嗡嗡声。脚下又是吱的一响，我停在了楼梯中段。

"我在干什么？"我是说出声来了呢？——还是只是在脑子里想的？

半夜三更，为什么我会静悄悄地溜到地下室来？

我不想这样。我不想这样。我是被迫的，身不由己的。

嘉丽·贝丝……嘉丽·贝丝……

那副可怕的面具似乎在呼唤我。那副丑陋的鬼面具，它想破坏我的生活……想摧毁我的大脑……想把我变成一个恶魔。

此时，它在召唤我，驱使我走下楼梯，双脚踏在地下室冷冰冰的地板上。

嘉丽·贝丝……嘉丽·贝丝……

我知道，我不是在做梦，因为心里的恐惧再真切不过了。我打开了顶灯，灯光在游戏室的红塑料椅和沙发上闪亮。我用力抓住乒乓球台的边缘，想停下来，想把自己拉回去。

但来自面具的力量太强大了。

一瞬间，我感觉自己是那么弱小——就像一粒灰尘，逃不过真空吸尘器强大的威力。双手从桌边脱开，我又挣扎着向前走去，脚趾缠在白色长绒地毯的毛绒里。

我的骏马海报……红色挂钟……弟弟挪亚的旧自行车……贴满一家人快照的壁橱门……模糊地从眼前掠过，我跟跄着穿过地下室。

我走向地下室最里头的储藏室，走向那堆积如山的纸箱和旧家具，还有一堆堆的幼儿玩具、旧衣服和旧杂志。就是这个房间，那副面具被我藏在里面，深深地埋在一堆又一堆乱七八糟的杂物里，谁也找不到。

现在，它在召唤我……拉扯着我……

嘉丽·贝丝……嘉丽·贝丝……

这微弱的声音是在我脑子里面响起的吗？这个叫着我自己的名字的声音，让我全身从上到下，一阵又一阵地起鸡皮疙瘩。

我知道它想要什么。我知道它为什么要把我叫醒，将我从卧室拉出来。

它想让我来到藏铁盒的地方，把那只铁盒扒出来，打开，然后把它放出来，让它重见天日，让它再一次对我施展邪恶的手段。

那副鬼面具要侵占我的意识，让我替它做坏事。

我绝不能让这种事发生，永远不会让这种事再次发生。

可是我的身体却不听命令，挣扎着向黑洞洞的储藏室走去。我看着堆积的箱子和旧家具，身不由己，无法摆脱。

我穿着睡衣，双腿打战，全身发抖地举起最上面的那只很重的箱子，放在身旁的地上，然后又将手伸向下一只。

"我控制不了自己！"我嘶哑地低声叫了一句。

我想转过身去，我想逃跑。然而，我却只是弯下腰，从隐秘处用力拉出了那只铁盒。那是一只黑色的旧盒子，上面有很紧的扣锁，我吃惊地发现，它在发热！

我这是在干什么？为什么我的手不听指挥？

我憋着气，被哽住喉咙似的哼了一声，打开锁，掀起了盒盖。

面具叠放在盒子里，绿幽幽地发着光。我张着嘴，看着那两排弧形的尖牙，和那冲我咧开的肥厚柔韧的嘴唇。

"停下，嘉丽·贝丝！别这样！"我乞求自己。

但我做不了主。我一只手抓住面具凹凸不平的光头，把它从盒子里拿了起来。

"啊——"我发出一声呻吟。面具摸上去就像活人一样。

尖尖的下巴上下抖动，两片橡皮嘴唇不停地磕在一起，发出吧吧的声音。

我呼吸困难，胸口好像就要爆炸一样。

手一松，盒子掉到了地上。我将丑陋的面具高举过头，它深陷的眼窝越发大了，蠕虫般的舌头发出声响，噗，噗，噗……

地下室的寒气笼罩着我，我的肌肉绷得紧紧的，在恐惧中全身僵直。

我的手慢慢放下……将面具套在头上。

温热的橡皮擦过头发，我用手一拉，面具从额头滑下，感觉就像人皮做的一样。

就在这时……"不——"一声呼叫冲出我的喉咙。

一声混合了恐惧和愤怒的尖叫。

这一声尖叫给我带来了力量。我拉起面罩，猛地将它从头上扯了下来。

"不——你再也不能摆布我，我不会再戴上你的——永远不会！"

我把面具那两团肉疙瘩似的脸颊紧紧攥在手心里，随即大吃一惊，只见面罩上，那两片像虫子一样又软又有弹性的嘴唇动了起来，噗，噗，噗……

嘴唇分开，尖牙龇起。

鬼面具张开了嘴，发出长长的刺耳的尖叫！

2 校车惊魂

第二天下午，我的朋友莎布丽娜·梅森跟在我身后，和我一起上了公共汽车。我们每天都坐这趟车去做兼职。

"嘉丽·贝丝，你没事吧?"莎布丽娜从肩头放下书包，向我问道，"你看上去就像我的猫抓获的俘虏。"

我笑了:"想说什么就说呗，莎布丽娜。"

从三年级起，我和莎布丽娜就是最要好的朋友。我们之间想说什么就说什么，对方也不会计较。

我们俩都是十二岁，但莎布丽娜的外表至少有十六岁。她个子很高，皮肤很黑，举止得体而又成熟，有一头长长的黑色直发，还有一对非常大的黑眼睛。

可是我却长着一副小精灵式的面孔，一个丁点儿大的秃鼻子，还有一副小老鼠般不起眼的身板儿。其实我比莎布丽娜还大一个月，但别人都以为我是她妹妹!

公共汽车颠了一下，开动了。我们俩跌坐到身边的座位里，把书包放在脚边，莎布丽娜伸手把头发扎成一束马尾。

她边扎头发边扭头看着我说："到底怎么了？我来猜一猜，你一直在想加利·史提曼，所以整晚睡不着？"

"啊？"我用力在她肩头推了一把，"喂？你在火星吗？我可没看上加利·史提曼。"

莎布丽娜的黑眼睛闪了闪："那上个星期五，我在史蒂文·鲍斯威尔的派对上看到的是什么？"

我脸上热辣辣的，肯定已经成了大红脸。真是没办法，有谁知道不让自己脸红的法子吗？

"别讨厌了，莎布丽娜，"我说，"想知道是怎么回事？他想吻我，但他的牙箍硌到了我的嘴唇！"

说完，我们都笑了。公共汽车跳了一下，弄得我打起嗝来。

莎布丽娜拉了拉套在两件 T 恤衫外面的皮马甲。最近她很爱打扮，但我还是一天到晚穿牛仔裤，然后从抽屉里拿起什么 T 恤就往身上套。

"嘉丽·贝丝，如果你没有整晚想着那个史提曼的话，你眼睛下面的黑圈是从哪儿来的？说真的，你一整天都脸色发白，没精打采。"

我叹了一口气，向脏兮兮的车窗外面看去。风卷着枯黄的落叶撒落在人行道上，积了厚厚的一层。我们的车驶过有高高的白色柱子的图书馆，驶过若默尔的花店，一辆装满黄色、橙色鲜花的小推车停在店门口。

要告诉莎布丽娜吗？

是的，我决定了。昨天晚上的事对谁都不能说，没有人会相信的，妈妈只会叫我不要再看科幻频道。

但万圣节那天，莎布丽娜是在场的。她见过那只鬼面具，她亲眼看到了我戴上面具之后发生的事。莎布丽娜会相信的。

于是，我把事情全部告诉了她，告诉她我在凌晨三点钟的时候突然清醒，接着就无法控制自己的行动，被拉进了地下室，被迫打开盒子，把那副丑陋狰狞的面具取了出来。

我用嘶哑的声音告诉她，我把面具戴到头上，最后终于使出了力气，又将它扯了下来。

我声音颤抖，告诉她我怎么用尽浑身的力量把那只尖叫的面具塞回盒子里。它一直叫个不停，直到我紧紧地关上盒子。等我终于回到楼上的时候，已经差不多该起床上学了。

说完之后，我深深地吸着气，脸还是涨得通红。

莎布丽娜把手放在我的胳膊上，摇了摇头。"听我说，嘉丽·贝丝，"她小声道，"要把那副面具从你家拿出去，你吓着我了。"

我用力咽了咽口水，嘴里干干的。"可是能丢到哪里去呢?"我问，"我不想它落到别人手里。"

"什么地方都好，"莎布丽娜抓紧了我的胳膊，"埋到树林里，或者扔到河里去。"

"可是……它顺水漂走了怎么办?"我说，"如果有人把它钓上来，戴到头上怎么办? 不能让这种事发生在别人身上，莎布丽娜。它太可怕了! 我一戴上它，就被它改变了，变得暴躁又邪恶。而且它还脱不下来，紧紧地粘在我的皮肤上!"

"嘘——"她将食指贴在嘴唇上，"我当然还记得。"她说着举起双手，塑料手镯铮铮作响，"你看，我都打哆嗦了，全身都在哆嗦。所以，你必须把那东西从家里弄出去。"

可怕的回忆涌现在我的脑海里。"只有代表了爱的东西，才能战胜它。"我喃喃地说。

莎布丽娜看着我:"嗯?"

"记得吗?"我说，"去年我发现了一个象征爱的东西，才摆脱了面具。只有它才能让面具从脸上脱下来，不再干坏事。"

莎布丽娜打了个冷战。"能不能别再说它了？你吓得我汗毛都竖起来了。换个话题吧，我们聊聊加利·史提曼。"

可是我的念头总在这件事上打转。"去年万圣节只带来了一个好处，"我说，"鬼面具改变了我，经历了这么可怕的事之后，我和以前不一样了。"

莎布丽娜的眼珠骨碌一转。

"是真的！"我肯定地说，"你记得的。我以前是个胆小鬼，连自己的影子都害怕，真的。但是，自从打败了那个邪恶的面具之后，我就改变了，莎布丽娜，我再也不是胆小鬼了。"

话音刚落，一个凉凉的、干干的东西缠在了我的脖子上。

一条蛇眼里闪着黄光，滑过我的喉咙。它昂起头来，陡地张开了嘴。

3 鬼面具的尖叫

蛇猛然又缩回头去，嘴巴也闭了起来。

身后传来笑声。

我捏住那条蛇，将它轻轻从脖子上拉下来，然后回头朝后排座位的两个男孩看去。

"吓死了吧！"查克·格林嚷了一句，然后和他的死党史蒂文·鲍斯威尔一起，鬼哭狼嚎地又笑了起来，还握起拳头对碰了一下。

我用手指在蛇身上划过，又轻轻拍了拍它，然后把它还给查克。"我知道你带荷比来上今天的自然科学课，"我告诉他说，"有什么大惊小怪的。"

他们还自以为很惊人，真不知是怎么想的。"你们俩笑得跟狒狒一样。"莎布丽娜说。

听了这话，这两位老兄立即挠起自己的夹肢窝来，嘴里还咿咿地发出猴子的叫声。

查克和史蒂文不是亲戚，但模样却像两兄弟，都有竹竿似的瘦高身材，长着褐色的直发、深褐色的眼珠，笑起来也一样傻。

他们连打扮都很相像，永远都是松松垮垮的水洗牛仔裤和袖子老长的黑色 T 恤衫。不知道为什么，他们整天琢磨着吓唬我，让我尖叫。只是他们不知道，现在的我已经跟从前大不一样了。

史蒂文凑过来，伸手拨乱我的头发。"万圣节快来了，"他说，"你打算一直躲在床底下度过吗？"

查克又怪笑了几声，好像这话有多风趣似的。

我和莎布丽娜同时翻了个白眼。"我刚刚看到了一件很恐怖的事哦！"我说。

"是什么？"史蒂文问道。

我伸手指指窗外："那不是你家吗？好像已经过了三四个街区了。"

"啊?!"他们立即蹦了起来，抓起书包就往车头跑，边跑边喊，"嗨——停车！停车！"

看着他们俩手忙脚乱地下了车，莎布丽娜和我哈哈大笑，车子开动时还朝窗外连连挥手。

"他俩真幼稚，"莎布丽娜说，"嗯，怎么没让他们留在四年级呢？"

我用双手理顺头发，然后往椅背上一靠，脖子上还留着那条蛇带来的寒气。

莎布丽娜朝窗外的什么人挥了挥手，塑料手镯叮叮当当地响，然后她扭过头来对我说了句什么。

可是我没听到。她的声音好像从很远的地方传来，像回声的回声，被淹没在一声刺耳而惊悚的尖叫里。

鬼面具的尖叫。

我极力想听清莎布丽娜的话，但摆脱不掉面具的尖声号叫，摆脱不了，摆脱不了。我捂上耳朵，希望这样能听不到它。

"怎么了，嘉丽·贝丝？"莎布丽娜抓住我的手连连摇晃，"出什么事了？"

"你没听到吗？"我叫道。

她紧紧地盯着我："听到什么？"

不，天哪，那声音是在我脑子里响起的吗？

我该怎么办？

4 农场的孩子们

我和莎布丽娜在最后一站下了车，脑子里的尖叫声已经渐渐消失，但我还是觉得有点头晕，浑身不对劲儿。

深深地吸一口气，郊外农场的空气好清新，有新割的青草、秋叶和鲜花的味道。

我们沿着砾石小径向那幢高大的白色农庄走去。在即将西沉的太阳底下，房前的窗户闪着红光。

房子坐落在一大片绿茵茵的草场中间，草场的后面有很大的一个苹果园。

碎石在脚下沙沙地响，我们走过一个红白两色的大招牌，它在十月的凉风中微微晃动，上面写着"腾波敦农场"。

房子后面，一大群乌鸫鸟落在盘子形的卫星天线上。红鹰在高高的天空上盘旋，越飞越低，随即又直冲云霄。高高的牧草在风里一会儿倒向这边，一会儿又倒向那边。

"万圣节快到了，"莎布丽娜顶着风说，"我们得为那些小野兽们想一些过节的活动。"

腾波敦农场里有八个上幼儿园的小孩，每天放学以后，就由我们协助朗格太太照顾他们，这就是我们的新工作。

　　"别叫他们野兽，"我批评她说，"我觉得他们很可爱。"

　　"可爱？"莎布丽娜的黑眼睛一闪一闪的，"你把往你鼻子里塞蜡笔的行为叫做'可爱'？"

　　"只有杰斯这么干，"我说，"而且我们不是把蜡笔拿出来了吗？只要稍微哭一下就好。"

　　"朗格太太说，一筐苹果里免不了有一只烂的。"莎布丽娜说。

　　我摇了摇头："杰斯不是烂苹果，他才五岁呀！"

　　"我最喜欢的是科林，"莎布丽娜说，"他就是一个缩水版的老绅士。叫他干什么，他就冲你飞快地敬个礼，然后乖乖照办。"

　　"科林还在吃手指呢。"我说。

　　她耸耸肩："人无完人哪。"

　　"安吉拉是完美的，"我说，"红色的鬈发，绿色的眼睛，她可以去当孩子里的超级模特。"

　　"超级磨人吧，你是说？"莎布丽娜答道，"看她整天赖在你腿上的样子。"

　　"她那叫亲热，"我说，"你忌妒啦。"

我们走上前门廊的木楼梯，在门口的擦脚垫上擦着鞋底。屋子里面传出孩子们的吵嚷声，又尖又厉，好像在争着什么，其中杰斯的声音拼命地想盖过其他人。

腾波敦是本州最古老的农场之一。爸爸告诉我，这儿以前是真正的农场，种着土豆、番茄、玉米，还有好多其他作物。但在很久以前，这儿的主人卖掉农场，搬到了别处。

现在，这儿是人们度周末的地方，几乎成了度假村，里面有苹果园、动物逗趣园，还有两家餐厅、一家画廊和一家很大的纪念品商店，里面还能坐干草车，并且有儿童俱乐部。

我推开门，和莎布丽娜一起走进起居室。热烘烘的暖气迎面扑来，我深深地吸了一口气，发现屋子里满是巧克力的味道。朗格太太一到星期五就会烤饼干。

"给我！给我！"杰斯的叫嚷声从游戏室传来。

莎布丽娜和我匆匆在门边的长凳上抛下外套和书包，赶到游戏室。一进房间，我第一眼就看到安吉拉坐在手工桌旁边哭，面前有一只打翻的杯子，桌面上洒了一大摊巧克力奶。

我又望向窗边，看到杰斯和哈蒙妮正为一只红色的塑料飞碟展开一场激烈的拔河比赛。"给我！给我！"杰斯已经勃然大怒了。

劳拉·亨利急匆匆地走进来，手里拿着一卷纸巾。她在安吉拉身边弯下腰去，抹干碰洒的巧克力奶，然后看到了我和莎布丽娜，顿时长长地舒了一口气。

"谢天谢地，你们来了！"她说，"今天孩子们不是一般的淘气，八成跟今晚是月圆之夜之类的有关！"

我哈哈地笑了："劳拉，现在还是白天呢。"

然后，我走到杰斯和哈蒙妮旁边，看看能不能平息这场飞碟大战。莎布丽娜拿了几张纸巾向霍华德走去，他正在尖着嗓子大叫，要求擤鼻涕。

"朗格太太上哪儿去啦？"我问。

"一家餐厅出了点问题，需要她去一趟，"劳拉答道，"她就把这儿交给了我，"她从额头上吹走一缕头发，"可是马上这儿就变得一团糟了。"

劳拉十二岁，和我们同龄，长得矮小瘦弱，有苍白的皮肤和一双浅灰色的眼睛。她留着一头纠缠不清的浅金色长发，总是不停地拨弄，一会儿拂到身后，一会儿理顺它，一会儿又卷在手指上。

今天她穿着牛仔短裙和紧身袜，上身是红白两色的腾波敦农场 T 恤衫，袖子卷到了胳膊肘上。

劳拉读的是私立学校，和我们不同校，我猜她家可能离农庄很近。她在朗格太太开办的幼儿校外活动中心帮忙，还打着好多别的零工。

她有一点不好接近，我想可能是性格腼腆的缘故吧。

我从杰斯和哈蒙妮手里拿走飞碟，随手从身后甩了出去。"屋子里没有飞碟了，"我说，"咱们玩点别的吧，好吗？"

哈蒙妮转身到桌边和安吉拉坐在一起，杰斯后退了一步。

突然，他的眼睛睁得大大的，带着满脸害怕的表情指着我。"你的脸！"他叫了起来，"嘉丽·贝丝——你的脸！怎么这么丑？"

我倒吸了一口冷气。他看到了什么？

面具？

怎么可能？

5 神秘马叫声

我双手捂在脸上，连连后退。

杰斯突然捧腹大笑。"上当啦！"他说着，用力将我一推，"你上当啦，嘉丽·贝丝。"他手舞足蹈，围着屋子乱跳，笑得像个疯子。

我窘得要命。我已经紧张到了什么地步？连一个五岁的小孩都能把我吓一跳。

镇定，嘉丽·贝丝！

朗格太太风风火火地进来了。她从来都不走路，永远都在跑，个子又高又壮，看起来比我爸爸妈妈年纪大些，头发是鲜艳的橘红色，红润的脸上长着一双绿眼睛。她穿着肥大的格纹呢子衬衫，下面是一条垂到地面的长裙和一双牛仔靴。

朗格太太根本就是一台马力强劲的机器，我从来没有看到她坐下来过！她说起话来也和动作一样快。

"这么好的天气，你们都待在房间里干什么？"她声如洪钟地说着，一边动手收拾喝完的饮料杯，"到外面去，呼

177

吸一下农场的新鲜空气。"

她从科林的头发上摘下什么东西，又拍了拍安吉拉的脸蛋儿。"我想到了，去捡苹果吧，苹果已经熟得往下掉了。到屋子后面去拿桶，然后把它们装满，听到了吗？快——去拿桶！"我们简直是被她赶出来的。

莎布丽娜跟在我后面走出房门。"这主意不错，"她说，"让他们放松一下。"

哼，他们着实很放松呢。这些小孩飞跑着穿过草地，一路大呼小叫，打打闹闹，不是跳就是嚷，我和莎布丽娜提着桶在后面追。

"嗨——别跑散了！"我大声叫喊，跟着他们走进茂密的苹果树林里，"别跑散了！不要迷路！"

树荫下的空气越发清凉，地面上铺着一层厚厚的落叶，踩上去又湿又软。

"杰斯——不准乱扔苹果！"莎布丽娜叫道，"嗨——住手！"

"不准扔东西！"我也喊道，"会打伤人的，喂！"

安吉拉一边揉脑袋，一边哭喊着向我跑来："杰斯打到我了！"

我抱着她，在她头上亲了一下："好啦！"

"哟，恶心！"霍华德做了个鬼脸，向落叶里的什么东西俯下身去，别的孩子立即围了上去，"啊，恶心，真恶心！"

我急忙走上前去。杰斯正用一根棍子捅着什么，我向下一看，原来是一只腐烂的苹果，里面还有紫色的虫子在蠕动。

"呸！"霍华德苦着脸说，"我好像要吐了。"他用手捂住了嘴。

我轻轻搭着他的肩膀，将他带过一旁。"不看就是啦，"我说，"没事的。"

莎布丽娜和我一起把小朋友赶开，他们又跑了起来，吵吵嚷嚷地穿过苹果林，还不时地在原地打转。

我举起手里的桶，大喊大叫："嗨——谁想摘苹果呀？"

"我们是来摘苹果的！"莎布丽娜叫道，"嗨——听到了吗？"

一只苹果从我头顶飞过，远处传来几个孩子的哄笑声。

"住手，霍华德！"我听到哈蒙妮的呵斥声，"这样做太不好玩了！"

但我看不到她的人，一棵苹果树挡住了她。孩子们向四面八方跑去，到处都是落叶的沙沙声。

"尝试过这么头痛的感觉吗?"莎布丽娜问道。

我笑了:"你说得对,他们确实是野兽,至少今天是。"

我们跟在孩子们后面,一直来到苹果园的另一边。有几个孩子正从一段破栅栏上往外跳,栅栏外面是一大片草场,草长得很高。

在草场的一角……

太阳快要落下,一个红彤彤的圆球挂在树梢上,我极力向远处看去。

"那是什么?"莎布丽娜走到我身边,我向她问道,"好像是个长长的房子,或者棚屋什么的,但这个地方怎么会有房子呢?"

"是间马房,"莎布丽娜用手挡着眼睛前面的阳光说,"已经好多年没用,有些地方都往下塌了。"

没错,窗户全是破的,一边墙已经倒下,木瓦屋顶也塌了一大块。

我看到霍华德和杰斯正在草场上飞跑,一面还拉着哈蒙妮,正向着那座空马房跑去。

"回来!"莎布丽娜喊道,"嗨——你们快回来!"

他们毫不理会,嘻嘻哈哈地跑个不停,又有几个孩子跟了上去。

我双手圈在嘴边，正想朝他们喊话，这时，突然听到了什么声音。

我侧耳倾听。是马嘶声吗？

从废弃的马房里传来？

不可能，我心想。可是，接下来我又听到了一声。

我捅了捅莎布丽娜："你听到了吗？"

她朝我皱起眉毛："听到什么？"

"我好像听到一个声音，大概是马叫声，咱们到马房里瞧瞧去。"我说着，拨开草就往前走。

"别，等等，"莎布丽娜一把抓住我的胳膊，将我拉了回来，"嘉丽·贝丝，我知道你对马很着迷，但那座马房看上去很危险，随时会塌下来的，我们应该把小朋友们叫回来，带回朗格太太那里去。"

"来嘛，就看一眼。"我说。

我抓住莎布丽娜的手，拽着她在草场上走，但没走出多远。不过五六步，我们身后就响起一声令人心惊胆战的大叫：

"不要啊——别上那儿去！"

6 闹鬼的马房

我转过身，原来是劳拉站在身后的果园边上。她拼命地朝我们招手，喊我们回去，一头金发在风中狂乱地飞舞。

于是，莎布丽娜和我分头行动，把孩子们聚拢来。这件事做起来倒不费力气，因为一路上的奔跑和叫喊，已经把他们累坏了。

父母和保姆们已经在起居室里等着接他们回家。莎布丽娜、劳拉和我把这些小孩子一个个塞进外套和帽子里，全都送走了。

房间里顿时清静下来。

只有风把旧窗户吹得啪啪作响，还有走廊前那座老爷钟走个不停的滴答声。

我们三个把游戏室收拾好，然后进了厨房。这是老式农舍里的那种大大的厨房，沿屋子的后墙开了一面很宽的窗，可以看到草场的景色。

劳拉在炉子上煮着一罐热巧克力，她将巧克力倒进白色的高脚杯里，我们一起在铺着红白格子桌布的餐桌边坐下，边喝边休息。

"嗯，那座没用的马房到底有什么问题？"我问道，"为什么你急成那样？"

劳拉苍白的双手捧着杯子，慢慢转动。"你们不知道那座旧马房的事吗？"她声音沙哑地问。

一阵疾风吹得厨房窗户飒飒抖动。

莎布丽娜和我一起摇头。"以前从来没走到那儿去过。"我说。

劳拉点了点头，喝了一小口热巧克力。"那儿出过一件很可怕的事，"她说，"朗格太太对我从头到尾地讲过，很悲惨的。"

我凑上前去："可怕的事？什么意思？"

劳拉用手指绕着一缕头发，眼睛一直盯着窗户。"很久以前，那儿是个骑马场，"她开始说道，"生意很好，里面养着漂亮的骏马，这些马全都有人精心照料着。"

她又喝了一小口热巧克力，双手捧着杯子："有一天晚上，农场里的人听到了尖叫声，响亮尖厉的号叫，不是人发出的，他们知道人不可能发出这样的尖叫。"

寒气在我的身体里凝结。"什么意思？那是谁在叫？"我问。

"那叫声惊恐万状,"劳拉接着说了下去,"是从马房里传出来的,是马在尖叫。"她把头发拧成一股,然后又散开,"我从来没有听过马的尖叫声,你呢?"

我用力地咽了咽口水:"一……一定很吓人。可是……"

"大家都朝马房跑去,他们推开门,发现马已经全都死了,"劳拉说,"一匹活的都没留下,在墙边挤成了一堆,全都死了。"

"啊?"我惊讶地说,"为什么?谁杀的?"

"恐惧,"劳拉答道,"它们全都被活活吓死了。"

莎布丽娜双手捂着脸颊,黑眼睛睁得大大的,满含惊恐。"可是……为什么?"她问道。

风又拍响了窗户,我陡地打了个冷战。

我特别喜欢马,本来还想放学以后在我家附近的马房里打点零工,但那儿没有适合我的工作,所以我才来到了腾波敦农场。

"是马童干的好事,"劳拉说,"那天晚上他偷偷溜进了马房,人们猜测他可能是想吓唬马夫,或者马房里的其他人。"

"结果让那些马受了惊?"我问。

劳拉点点头:"马的嘶叫声传出几里以外,它们被关在马房里出不去,只能疯狂地在门口和墙边挤来挤去,互相冲撞，马童倒在马蹄下，被活活踩死了。"

"啊，天哪。"我喃喃地道。我向坐在对面的莎布丽娜望去，她一口热巧克力都没喝，只是呆呆地垂眼看着下面。

"故事就是这样的，从朗格太太那儿听来的，"劳拉说，"早就提醒过你们，这故事很惨。能想象那样的情景吗，你推开马房门，发现里面的马挤作一堆——全都死了？"

我艰难地咽着口水。"可是，他到底是怎么吓到那<u>些</u>马的？"我问。

劳拉长嘘一口气，脸色越发显得苍白。"你不会相信的，农夫们众口一词，全都说是因为一副面具，一副丑陋的复活节面具。"她摇了摇头，"可是当他们收拾马房的时候，那副丑怪面具却无影无踪，到处都找不到了。"

我听到了砰的一声。劳拉的故事令我心神恍惚，居然没有发现自己打翻了杯子，烫烫的热巧克力一直流到牛仔裤上。

"嘉丽·贝丝，你没事吧？"

我听到了莎布丽娜的问题，但我深深地陷入了沉思，一时顾不上回答。

"嘉丽·贝丝？你还好吗？嘉丽·贝丝？"

7 马童的鬼魂

她说的是同一副面具吗？

我的心在胸膛里扑通扑通地跳个不停，脑子里出现那副面具的样子——皱巴巴满是疙瘩的绿皮，两排参差不齐的弯曲的獠牙，丑恶到极点。

抬头看去，莎布丽娜正在擦桌面上的巧克力。她伸手按着我的肩头，在我耳边小声说："地球呼叫嘉丽·贝丝。"

我眨了眨眼睛，慢慢回过神来，看着劳拉："关于那个马童的面具，朗格太太有没有说过别的什么？"

她摇摇头说："没有，只提到关于它的一个传说，说它总是在万圣节期间出现。"

这话听得我脖子后面直冒凉气。

劳拉朝我眯起了一双灰眼睛："为什么你这么感兴趣，嘉丽·贝丝？"

"因……因为这个故事太惨了。"我支支吾吾地说。

"古怪的地方在哪儿你知道吗？"莎布丽娜说，"嘉丽·贝丝说她听到了马嘶声，就在那座马房里。"

劳拉注视着我："不会吧，故事也是这样说的啊，说那些马阴魂不散，一直留在马房里。"

"她听到有一匹马在叫，"莎布丽娜肯定地说，"是马的叫声，绝对没错。是不是，嘉丽·贝丝？"

没等我回答，朗格太太抱着一大堆柴火大步走了进来。她走到厨房里面的大肚子火炉边，哗啦一声把木柴放在地上。

"你们在聊我们那间无人不知、无人不晓的闹鬼马房吗？"她说着在长裙上擦了擦手，然后抓起一只杯子，把罐子里剩下的热巧克力全倒了进去。

"过万圣节讲鬼故事真带劲儿，"她说，"我不相信世上有鬼，不过，传说你们都知道，对不对？说那间旧马房里面阴魂不散——有那些可怜的马的鬼魂——还有马童的。"

我们三人全都看着她。"你是说，马童的鬼魂也在那儿？"我问。

朗格太太点点头："据说除非他找回那副万圣节面具，不然就永远不会离开那儿。"

我忍不住失声惊叫。

对面的劳拉看着我，说："怎么了，嘉丽·贝丝？"

朗格太太咯咯地笑了："也许嘉丽·贝丝只是不喜欢鬼

故事。"

"对，"我说着，脸刷地红了，"我听了恐怖故事总爱做噩梦。"

说完我腾地跳了起来："走吧，莎布丽娜，车马上就来了。"

莎布丽娜和我急急忙忙穿上外套，沿砾石小径向大路走去。我知道，我们俩心里都有同一个问题：

多年以前，马童拿的就是那副面具吗？我家地下室里的那副？那个男孩的鬼魂，是不是真的还在马房里，等着它物归原主？

吃晚饭的时候，我不停地想着劳拉讲的故事，想着那些可怜的马儿，它们大声惨嘶，拼命地往墙上撞，在巨大的恐惧中垂死挣扎。

还有那副面具——那副丑陋而可怕的面具。

"嘉丽·贝丝，睡着了吗？"爸爸问道，"没听到我问你话吗？工作干得怎么样？"

"呃……没有，对不起。"我低声地说。

"也许她是个活死人，"弟弟挪亚说，"试试看……"说着他狠狠地在我胳膊上拧了一把。

"喂!"我猛地一挥手，"别烦我，挪亚!"

挪亚嗤嗤地笑着，还想再拧我一下。

"臭小子！你比那些五岁的小孩还讨厌！"

"你比四岁的小孩还讨厌！"他说。

"哼，跟屁虫！"

"今天那些小孩子一定把你折腾得够呛。"妈妈说着，伸手抚摸我的头发。

"嗯，他们野得很。"我咕哝着。

"你比两岁的小孩还讨厌！"挪亚说完，又嗤嗤地笑了起来。

"我可以走了吗？"我问了一句。

然后，我快步回到自己的房间里。作业有一大堆，但是我无法专心去做，那副面具搅得我心神不定。

我在想昨天晚上的事，回想它怎么把我拉进地下室，怎么迫使我把它找出来，怎么让我差一点儿就把它戴到了头上。

回想起它在尖叫，尖叫，尖叫。

昨天夜里我行为异常，差一点儿就完了。

我是不是忘了关上铁盒？我把它锁紧了吗？

想不起来了。

我思前想后，在房间里走来走去，想着马房的那个男孩，想着那些马儿，还有地下室里的面具。

然后，我知道自己别无选择，一定要万无一失地把面具重新藏好，要把盒盖紧紧地锁上。

于是我悄悄地走出房间，向地下室走去。小书房里传来爸爸妈妈的声音，随着枪炮的轰鸣声，他们又吼又叫，不时还高声欢呼。

最近，爸爸妈妈学会了玩电子游戏，一吃完晚饭就对着宽屏电视玩高清游戏《战神Ⅱ》，几乎天天如此。

太不像话了。

我握着地下室的门把手，深深地吸了一口气。真不想下去，我耳中仿佛仍然响着那面具的尖叫声。

然而，我必须亲眼看到它已经被我锁好了，才能放心。

我拉开门，打开地下室的灯，举步走下楼梯，楼梯又吱吱嘎嘎地响了起来。

来到楼梯的中段，暖炉很响的嗡嗡声传入耳中，在这一片嘈杂声之上还有另一个声音……

……谁在低声说话？

我猛地吸了一口气，竖起耳朵听。

没错，低低的说话声，沙哑刺耳：

"嘉丽·贝丝……嘉丽·贝丝……我在这儿，嘉丽·贝丝！"

8 再闯地下室

我放声尖叫，不由得两腿一软，幸好及时抓紧了扶手，这才没有滚下楼梯。

暖炉的嗡嗡声在我脑中变成了轰然巨响，我极力分辨那个低语声。

此时它悄无声息。

没有了。

随后传来尖尖的咪咪笑声。

我吃了一惊："挪亚！"

他走到楼梯脚下的亮处，疯子似的手舞足蹈。

"挪亚！你真无聊！"我气坏了，好不容易才吼出一句话来，然后冲下楼梯，双手掐住他的小细脖子，"你这讨厌鬼，我掐死你！"

他咪咪地笑个不住，挣脱出去。

"你在下面干什么？"我叫道。

他嬉皮笑脸地看着我："你老说自己有多勇敢，嘉丽·贝丝，我可是听见你哇哇大叫了哦。"

"没有！"我冲他嚷道。

"就有！"

"我叫是想吓吓你。"我说。

"信你才怪。"他眼珠一翻，然后推开我冲上楼梯，在身后关上了地下室的门，临走前还抛下一句，"再见，胆小鬼。"

我站着没动，在地下室里左顾右盼，等着心跳慢下来。

挪亚说得对不对？我现在真的勇敢了吗？还是我假装勇敢？

不要，别再想这个了，我对自己说。

我想做个勇敢的人，自从去年以后，我再也不想当胆小鬼嘉丽·贝丝了。

我拨开垂到眼前的头发，做了个深呼吸，向对面的储藏室走去。

经过贴在游戏室墙上的骏马海报时，我停了下来。那上面的马漂亮极了，我又一次想起了旧马房里那些尖声嘶叫的马，在惊恐中狂乱地逃窜。

难道我永远忘不掉这个故事了吗？

我慢慢走进储藏室，拉下拉绳。顶灯亮了，我在昏黄的光线里眨着眼睛，快步向角落里的那堆纸箱走去。

啊，不好。

昨天晚上，我已经把面具放在盒子里锁好了，但那只黑色的铁皮盒子，就摆在纸箱前的地板上。

当时我鬼迷心窍，没有把盒子藏起来。

我弯下腰，双手从地上捧起盒子。

"哟！"我惊讶地叫了一声。面具！它在跳，在盒子里乱撞，想冲出来。

这一次，低低的说话声不是挪亚在搞鬼，而是来自盒子里面。

"万圣节快到了……万圣节快到了……"

9 马房探险

几天以后的一个星期六下午，我在家里看着挪亚。到目前为止，他还没来烦我，只是待在自己的房间里看迪斯尼频道，他觉得那上面的节目滑稽极了，房间里不时地传出他的笑声。

我则坐在自己的房间里，对着一瓶从药房买来的染发剂看了半天。我的计划是把头发染上一点浅金色，这是一个大胆的举动。

也许太大胆了，我还是再等等，跟莎布丽娜商量一下再说吧。

电话铃响了，正是莎布丽娜打来的："你听说莎拉·戴维德的事了吗？"

莎拉是我们班的一个女生，头发的颜色整天变来变去，她还说自己从五岁起，就开始涂口红了。

"莎拉怎么啦？"我问。

"她到百货公司去给她妈妈买生日礼物，结果自己穿了个鼻环回来。"莎布丽娜说。

"这个生日礼物够奇怪的!"我说完,和莎布丽娜一起哈哈大笑起来。

"现在她鼻子上镶着一颗小小的钻石。"莎布丽娜说。

"她妈妈知道吗?莎拉事先有没有问过她?"

"没有,"莎布丽娜回答说,"她妈妈不会说什么的。莎拉说她家没人注意她,她决定不吭声,看家里有谁先发现。"

"酷。"我说。

挪亚的笑声又传过来,好像就快笑得断气了。

"我有一个想法。"莎布丽娜说。

"你也打算在鼻子上穿一个洞?"我问。

"不是,是关于作业的。知道我们要交一个报告吧,关于当地传说的?我想写写那座旧马房的故事。"

我想起了那座半塌的旧马房,几乎淹没在野草丛中。

"这么吓人的故事,一定能作个精彩的报告,"莎布丽娜说,"下周我要去找朗格太太作个访谈,还要到马房里去照几张相片。"

"到里面去?"我说。

"没错,你知道,整间空马房都照下来,"莎布丽娜说,"跟我一起去吧,好吗?现在就去?"

"不行，"我说，"我得看着野生动物挪亚。"

我刚想说再也不想去那间马房，但马上又咽了回去。

这正是一个证明我可以战胜恐惧的大好时机呀。

"今天晚饭后可以吗?"莎布丽娜问。

"没问题。"我说，"车站见。"

我深深地吸了一口气。不就是一间废弃的马房吗?

能出什么事呢?

10 马童的凳子

我和莎布丽娜坐上开向镇外的公共汽车。太阳已经落到树丛背后，我看着沿途的房舍和草坪上掠过一道道阴影。

我们在腾波敦农场下了车，整幢农舍只有楼上一面窗户亮着灯。我们离开砾石小径，从苹果园边上绕过去。

各种昆虫在屋后的草场上嗡嗡吟唱，我在前面开路，拨开高高的野草，向马房走去，脚下一团团的硬土被踩得粉碎。

衰草丛中传来动物奔跑跳跃的动静，天空越来越黑，月亮被挡在了云后，一阵冷风钻进外套里，我打了个寒战。

"我带了手电筒。"莎布丽娜说。然后我听到咔嗒一声，草地上出现了一个白色的光圈。"看，马房在那儿。"她举高了手电筒说。

在暗红的天空下，我看见了那一长排矮房子，黑沉沉的。

"哎哟！"额头上突然一下刺痛。蚊子？十月的蚊子？我伸手去拍，但没拍到。

"走吧，天色已经很暗了。"莎布丽娜跑了起来，手电筒的光在她身前的草地上跳跃。

"等等我！"我大叫一声。我的眼睛一直盯着马房，它一面墙的木板已经朽得裂开了，另一面墙则向屋子里塌了进去。

野草从窗户里伸了出来，窗板全是破的，已经垮下来了。

我们顺着马房向前门跑去。我脚下突然一软，鞋子陷进什么东西里面，便停了下来。"莎布丽娜——你看！"我喊了一声，但她已经到达门口，没有听到我叫她。

我低头看着脚下，原来是一小块松软的泥地，呈正方形，好像是新近才被人挖开过。

一个叫人心里发毛的念头闪进我的脑子里：这是一座小小的坟墓。

不过，这只是胡思乱想罢了。谁会在这儿挖坟呢？

我跺掉脚上的泥，跑到门边和莎布丽娜站在一起。一扇门完全打开了，屋里一团漆黑，散发着难闻的气味，来自稻草、泥土和其他腐烂的东西。

我的心跳急促起来。身后的树上，有鸟儿在啼叫，好像在警告我们不要进去。我还听到一只夜枭在"呼——呼——"地叫着。

我一把抓紧了莎布丽娜的胳膊。

"怎么啦？"她问。

"我……带了东西来。"我说着，举起手里一直拿着的塑料袋，拎出了一串胡萝卜。

莎布丽娜举起手电筒一照："胡萝卜？嘉丽·贝丝——带它干吗？"

我耸耸肩。"不知道，"我答道，"大概给幽灵马准备的吧。"

听完我的话，她的眼珠子滴溜一转："你是吓傻了吗？不会真的相信有幽灵马吧……是吗？"

我没吭声，抓住莎布丽娜的手，拉着她进了门，走进黑马房里。

里面的腐臭味儿更浓了，空气凝滞，又冷又湿，我们好像走进了一个冷藏室里。

一扇窗板在风中拍打着马房侧面的墙壁，我们向马栏走去，脚在地上的干草上直打滑。我踢到了一个铁桶，它骨碌碌地在铺满灰尘的地面上滚去。

"小心点，"莎布丽娜轻声说着，把手电筒递给我，"我照相，你拿着这个。"她举起相机，拍了一张照片。

我把那串胡萝卜放在第一个马栏前面的地上，拿着手电筒在马房里扫来扫去。

电筒光扫过两排矮木墙围成的马栏，马栏一直排到马房的尽头。

一块破碎的毯子搭在矮墙上，好像被什么动物咬坏了。

第一个马栏里高高地堆着稻草。我向草堆下面照去，一只肥大的褐色老鼠跳出来，沿着墙边一溜烟跑走了。

我吓了一大跳，不由得倒退一步，电筒光倏地飞到房顶上。倒挂在低矮的椽子上的，是蝙蝠吗？

莎布丽娜一张接一张地拍个不停，我指了指上面，她对着蝙蝠又拍了几张。

"那边。"她低声地说。我们沿着马栏走下去，越往里走，空气越暖，也越发潮湿。

"嘉丽·贝丝，照这边，"莎布丽娜说，"照照这个东西。"

她指着倒在地上的一个高脚木凳，然后把它拿起来，摆在地面上，又用一只手擦去上面的灰尘。

"你说，那个马童是不是坐过这张凳子？"她问我，"感觉是不是挺诡异啊？"

没等我回答什么，她坐上凳子，把照相机塞进了我的手里。"给我拍一张坐在这个凳子上的相片，用来做报告的封面一定很棒。"她说。

我举起相机，按了一下快门。闪光灯照亮了莎布丽娜，她坐在木凳上，胜利地高举双手。

我又照了一张，闪光灯照得我眼前白花花的一片，我连连眨眼。

高脚凳在我眼前久久不散的白光中，似乎也发出光来。多年以前，那个可怜的马童坐过这张凳子吗？它就是在那个晚上，被乱撞的惊马踢翻的吗？

我极力把这些念头从脑子里赶走。

就在这时，我听到了砰的一声，从马房深处的一间马栏里传来。

"莎布丽娜——你听到了吗？"我低低地问了一句，声音哑哑的。

她在我身边定住了。"嗯，我……我听到了。"她小声地说。

我们俩竖起耳朵，呆呆地站着不动。

我的脖子后面飕飕地直冒凉气。"我有一种古怪的感觉，"我喃喃地说，"好像有人在盯着我们。"

"肯定是老鼠或者浣熊什么的。"莎布丽娜说。

又是砰的一声，然后稻草发出窸窸窣窣的响动。

随后，我又听到了一个声音，顿时打了个哆嗦。

11 消失的胡萝卜

低低的马嘶声。

电筒从我手里掉下去，啪嗒一声落在地面，我紧紧抓住了莎布丽娜的胳膊："你也听到了？"

没等她回答，又是一声马嘶，更响了一些。好近，非常近，就在马房尽头的马栏里。

"是，我也听到了。"莎布丽娜小声地说，向我靠了过来。

我们又听到了砰的一声，仿佛有一匹马正在踢马栏的墙壁，接着就是马蹄踏在稻草上的响动。

"那个鬼故事，"我小声说，"是真的！"我发起抖来，嗓子眼儿里紧紧的，呼吸困难。

"是真的，莎布丽娜，全是真的！"我紧紧地抓着她的胳膊。

没想到的是，莎布丽娜猛地笑了出来，从我身边走开了。

"莎布丽娜？"

"对不起，嘉丽·贝丝，"她边说边摇头，"这个玩笑我开不下去了，太坏啦。"

我还是抖个不停，双臂紧紧地抱着自己："玩笑？"

莎布丽娜双手圈在嘴边，放声大叫："好啦，查克，史蒂文！你们可以出来了！"

行了，行了，我开始明白了，知道是怎么回事了。

莎布丽娜抓住我的肩头。"用不着担心什么幽灵马，只不过是开个玩笑，嘉丽·贝丝，"她说，"是查克出的主意，对不起啦，他们叫我把你引到这儿来，我觉得挺好玩儿的。"

我的呼吸慢慢恢复正常，心里不害怕了，但是，我很生气！他们有病啊？

"好啦，伙计们！"莎布丽娜喊道，"你们在哪儿？玩笑开过了，可以出来了！"

她举起手电筒，一间间马栏照过去。

一点儿动静都没有，只有墙板裂缝间发出的呜呜风声。

"查克？史蒂文？"我叫道，"好玩得很，哈哈，听到没有？我已经笑了！你们很会搞笑哦！"

安静，没有他们的声息。

"知道你们在里面啦！"莎布丽娜说。

我把莎布丽娜往回拉："来吧，那两只傻蛋想玩躲猫猫呢，咱们去把他们揪出来。"

　　我们折回头，从身后的马栏开始找。莎布丽娜拿着手电筒，把每间马栏都照一遍。第一间马栏的稻草堆里，半露着一具黑色的马鞍，第二间马栏里有一只死田鼠，已经快被虫子啃光了，细细的骨架暴露在外。

　　"喂，出来，伙计！"莎布丽娜叫道，"玩笑结束了！"

　　我们沿着马栏快步走下去，一直回到原地，来到马房的前头。莎布丽娜朝我直皱眉："藏在哪儿呢？他们肯定在的。"

　　她放低了手电筒。

　　我向下面扫了一眼——随后悚然一惊。"莎布丽娜——你看！胡萝卜不见了！"

12 他是谁?

我又抱起了胳膊,想让自己不要发抖。"莎布丽娜,肯定是出了什么怪事。"我低声地说。

"不,没什么怪事,"她答道,已经有点恼火了,"查克和史蒂文拿走了胡萝卜,我知道,肯定是他们干的,这两个讨厌鬼根本信不过,"她东张西望,"他们在哪儿呢?"

"也许他们从我们身边偷偷溜过去了,"我说,"趁我们还在里头的时候,拿走胡萝卜,跑了出去。"

"也许吧。"她说着从牛仔裤口袋里掏出手机,"我打个电话给查克试试。"

我用手电筒为她照亮,她按下查克的号码,几秒钟之后,她说道:"嗨,查克吗?我是莎布丽娜。你在哪儿?"

片刻的停顿,然后她说:"你在家?你在家是什么意思?史蒂文也在你那儿?你们不是还想开个玩笑吗?记得吗?嘉丽·贝丝?旧马房?"

我站在莎布丽娜身边,听到查克在电话里很懊恼地大哼了一声。

莎布丽娜将脸转向我。"你相信吗，居然会有这种事，"她说，"他们俩都在查克家。这个恶作剧的主意本来还是他们想出来的——结果他们自己忘得干干净净！"她挂断了电话。

我倒退了一步，脑子里乱哄哄的。如果那两个男孩不在这里，是谁弄出那些马的动静？莎布丽娜和我都听到了的，那低低的马嘶声，还有踏在稻草上的马蹄声。

莎布丽娜咬着下嘴唇，黑眼睛睁得大大的。"我……我好像有点害怕了，"她喃喃地说，"咱们快走吧！"

我和她同时跑了起来，跑出马房敞开的门口，跑过草场。高高的野草拍打在身上，十月的劲风吹得我们低下头去，我们的脚踩着湿泥和野草，不停地打滑。

我又听到了夜枭阴沉沉的叫声，"呼——呼——"就在不远的某处。

比这叫声更响的……是另一声马嘶。这一次，声音尖厉而哀婉，好像在呼唤我们。

"啊——"莎布丽娜和我不约而同地大声尖叫，猛地张开两条胳膊，使出吃奶的力气拼命地跑，就这么哇哇大叫着一直冲到路边的车站。

鞋子已经湿透了，踩在砾石路上发出啪啪啪的声音，我们俩气喘如牛，重重地靠在对方身上，互相支撑着，尖厉的马嘶声依然回荡在耳际。

"快来吧，公共汽车，"我盯着黑沉沉的路面，"快来，公共汽车——赶快来！"

"车跑哪儿去啦？"莎布丽娜抱怨道。

道路两旁的树在风中摇摆，发出吱吱嘎嘎的怪响。挡住月亮的云彩飘走，银白色的月光洒落下来。

我回头望向月光下的黑暗马房。

然后却吓得叫了起来。我看到了一个男孩，一个蹲伏在马房的平屋顶上的男孩。他正在看着我们，一动不动，就这么盯着我们看。

我呆住了，也一直盯着他看。

他是怎么上去的？是他弄出的那些声音吗？

他是谁？

13 独闯马房

"杰斯，你拿了几块科林的乐高积木吗？"我握住杰斯的双肩，盯着他的眼睛问。

他移开双眼。"好像是，不过我要用来砌我的机器人。"他说。

"你拆坏了我的机器人！"科林哭叫着说，"我的机器人比你的好！"

"你的机器人像只兔子！"杰斯冲他大嚷。

"才不是！你的机器人像只臭鼬！"

莎布丽娜拉着科林的手，把他带到桌子边，桌面上散着七零八落的塑料积木。她陪着他坐下来，一起拼一个新的机器人。

"杰斯，要不要对科林说声抱歉啊？"我柔声地问。

他朝我做了个鬼脸，然后冲科林高声嚷道："我很抱歉你的机器人像只傻兔子！"

多好的道歉。

孩子们都走了以后，朗格太太帮着莎布丽娜、劳拉和我一起收拾屋子。"有个问题要问问你们，"她边说边把几大捧乐高积木扫进箱子里，"你们万圣节能来上班吗？"

我们都停下手看着她。"是万圣节晚上吗？怎么了？"我问道。

"家长们希望我们在这儿给孩子们开个晚会，"她答道，"嗯，让他们过一个安全又愉快的万圣节，化装服、食物、游戏，什么都有，他们愿意额外付报酬。而且，晚会会结束得很早，之后你们还有很多时间自己出去玩。"

"我可以，"劳拉双手将头发向脑后掠去，"没问题。"

"我也是，"莎布丽娜说，"过万圣节还有钱赚？棒极了！"

"算我一个。"我说。经历了去年的恐怖事件之后，跟小孩子们一起过一个安全的万圣节之夜，对我而言再好不过了。

"我喜欢万圣节晚会，"劳拉说，"也许我们可以安排一个南瓜灯比赛，还有……我想到了！让小孩子自制面具，他们会喜欢的——你们说呢？"

"我喜欢你这股热情，"朗格太太说完，拿起扫把扫了起来，"嘉丽·贝丝，你知道几个不错的鬼故事吧，给孩子们讲讲好了。"

210

"哇，"我摇了摇头，"我自己还老想着那个马童的幽灵呢，太可怕了，今年干脆不讲鬼故事了!"

我们向朗格太太道了晚安。莎布丽娜要早点回家，因为有几个表亲要去她家吃晚饭，劳拉也回家了。

我实在忍不住，走出后门，向苹果园走去。我知道自己要上哪儿，就是那间废弃的马房，我非要再去看个究竟不可。

太阳已经落到树后，这是一个清新而寒冷的夜晚。

高高的草在微风中轻轻摇摆，我穿过草地，沿着马房的墙壁，一直来到那一片新挖的泥土面前。

我注视着它。好奇怪，最近有人在这儿挖过土。是谁? 为什么?

这是无法回答的问题。我绕过那些泥土，快步走进马房里。

迎接我的是那股呛人的干草和泥巴味儿。马房里有灰蒙蒙的光线，从小小的窗户里透进来，还有屋顶上的一个大洞。

我飞快地四处打量。马房是空的，我又看到了搭在矮墙板上的破毯子，还有墙边一溜儿低低的草堆，上面爬着成千上万只小虫子。

正想走时，我突然顿住了。我听到了一阵窸窸窣窣的声音。

马蹄踩在稻草上？不是，听着更像人的脚步声。

我转过身，高声说道："有人吗？"

无声无息。

那个声音再次响起。

我的眼睛向一间间马栏扫视过去。这儿肯定还有别人，但我看不到。

"啊！"我失声惊呼，一个男孩出现在我身边。

他长着深褐色的头发，剪得非常短，眼睛是乌黑的，在苍白的肤色衬托下显得更黑了。

他穿的是棕黑两色的法兰绒衬衫，还有一条破破烂烂的牛仔裤。

"你是谁？"我一面从他旁边退开，一面问道，"你在这里干什么？"

他嘴角一歪，露出一个古怪的笑容。"我住在这儿。"他说道。

14 名叫克拉克的男孩

"我……我不明白，"我结巴起来，视线无法从那双深深的带着忧伤的眼睛上移开，"这儿没人住，这座马房……"

男孩摇了摇头，那个歪斜的笑容隐隐挂在脸上。"我是说，我家就住在附近。"他说话很慢，有一点懒洋洋的，"我经常来这里，"他说，"因为这儿很安静。"

我突然有一股冲动，想伸手向他抓去，抓他的胳膊，看能不能握住，看他到底是不是真人。

"你又在这里干什么？"他问。

"我……我在农场打工，我是说，放学以后打零工，带小孩。"我的话说得磕磕巴巴，简直像个白痴，他能看出来，我有点儿心惊肉跳，"我叫嘉丽·贝丝。"

"我叫克拉克，"他说，"我突然冒出来，可能吓到你了，对不起。"

"没什么。"我说。

"你知道这马房的故事吗？"他问道，"这是个很吓人的地方。"说完他笑了，"也许这正是我喜欢来的原因，"他的目光紧紧地盯着我的眼睛，"喜欢恐怖的东西，会不会让你觉得很怪啊？"

他的问题叫我身上起了一股寒意，沿着脊梁骨一直往上蹿，或者是因为他说话时的样子吧，那样逼视着我，好像能看穿我的心思。

"我……我听过这个故事，"我答道，"很悲惨。那些可怜的马……"

他露出不满的表情："什么？你关心的是马？那个马童呢？"

"也……也很可怜，"我艰难地说，"呃，上个星期六，我和我的朋友莎布丽娜来过这里，我们……我们听到了马叫声，就在这个马房里。"

克拉克笑了。他的笑声很滑稽，有点干巴巴的，好像喉咙被卡住了一样。

"你的想象力肯定很丰富，"他说，"我经常来这里，但从来没有听到过马叫声，田鼠叫可能听过吧，但马叫从来都没有。"

"不是田鼠，"我说，"我可以肯定。"

他在一堆稻草上拍了一下，上百只虫子涌到了马房的地面上。"这个地方真悲惨，"他轻声地说，"挺邪门的。"

我在想，不知克拉克对那副面具知道些什么，我家地下室里的面具到底是不是马童的那只呢？我好奇得不得了。

　　"听说是一副恐怖的面具让马群受了惊。"我说。

　　克拉克的眼睛里亮光一闪，表情严肃起来。

　　"你知道那面具是什么样的吗？"我问。

　　他耸耸肩："不知道。"

　　他在撒谎，我暗暗认定。

　　然后，一连串的话就从我嘴里吐了出来，连自己都不知道怎么会这样。我对他提起了去年万圣节遇到的事。

　　"我……我问那副面具的事，是因为去年万圣节，有一个邪恶的面具让我吃了好多苦头。"我说了起来。

　　他的眼睛又一眨不眨地盯着我看，我的话一下子就引起了他的注意。

　　"去年，"我接着说道，"我戴上那副面具，它马上紧紧地粘在了皮肤上，怎么也脱不下来。它把我变了一个人，我突然有了邪恶的念头，很可怕，很邪恶。那副面具……它控制了我的思想，还……"

　　克拉克笑出声来，一只手向脑后捋了一把短短的褐发。"一副邪恶面具？"他说，"你在开玩笑吧……对吗？"

我摇了摇头："没有，克拉克，我绝对是认真的，我……"

他又笑了。"算了吧，"他说，"居然有能把你变成坏人的面具？"

我在胸前抱着双臂。"你说过，你知道那个马童的故事，"我说，"那么你肯定知道，他戴了一副邪恶的面具，就是这个面具让马群受了惊，现在大家都说，那个男孩的幽灵还徘徊在马房里，他……"

克拉克看着我，嘴巴张得老大。"嘉丽·贝丝——你居然相信有幽灵？"他叫了起来，"不可能吧，你居然相信有幽灵和邪恶面具？"他哈哈大笑，"你的朋友莎布丽娜也像你这么神经兮兮吗？"

我注视着他。我看得出来，他是在说假话，假装不相信我。太明显了，他在演一场好戏呢，装做一副不相信世上有幽灵和鬼面具的样子。

我身上又冒出一股凉气。他看上去挺可爱，但肯定有古怪之处，他肯定在掩饰什么。

为什么他喜欢到这个爬满虫的臭烘烘的马房来？为什么他会穿着那件老式的法兰绒衬衫，打扮得就像马童一样？

"我……我得走了，"我说，"很晚了，我不想错过下一班车。"

他咧嘴一笑："但愿那车上没有幽灵！"他的黑眼睛一闪一闪的。

我转了转眼珠。"你真风趣，"我说，"呃……认识你很高兴，克拉克。下次见……也许有下次吧。"

"再见。"他并起两根手指，飞快地朝我做了一个敬礼的动作。

我转过身，小步跑出了马房。离开那气味难闻的马房，外面的空气显得格外清新凉爽。我快步跑过草场，向大路跑去。

此时，除了运动鞋在坚硬的地面上拍出的脚步声，我还听到了另一个尖锐的声音，马的嘶叫从我身后传来。

马的号叫声，充满了悲伤。它在呼唤我，叫我回到那令人胆寒的马房中去。

15 神秘面具商店

我向大路冲去，马叫声回荡在耳边。我紧紧地抓住站牌的柱子，大口大口地用力喘气。

一辆SUV轿车从身边驶过，车窗里飘出喧闹的乡村音乐。树丛背后的太阳已经落得很低，地面上有各种稀奇古怪的影子，好像是活的一样。

路面很黑，没有公车汽车的影子，它大约每半个小时有一班，但我只盼着它立即出现。

我想离开这里，离开那座马房，那里面有个古怪的男孩。他有一双黑黝黝的眼睛，当我说起听到马叫声，他笑话我；当我说那马房里有幽灵，他还是笑。

克拉克到底是什么人呢？

天色越发黑暗，我打了个寒战。我不愿意再想什么克拉克和幽灵，还有面具，我只想立即离开这儿！

"没车了……"我喃喃地说。

我应该和莎布丽娜一起回家，我心想，根本不应该自己到那个马房里瞎转。

我拿出手机，想叫爸爸妈妈来接我。才按了几个数字——我又停下了。

手机没有反应，没电了。

我长长地叹了一口气，把手机塞回牛仔裤口袋里。

路对面的树上，一只鸟儿大声叫了起来。"你是在笑话我吗？"我朝它喊道。

还是走路吧，我可以沿着马路朝家的方向走，等车来了再招手叫它停下。

要不就这样一直走回家，也不过一两英里的路程。

走一走感觉会好一点，我对自己说，正好有机会动动脑子，把脑子里的问题想清楚。

我大步走在路边的砾石道上，脑子里乱糟糟的，要想的东西太多了。

我真的听到了幽灵马的声音吗？

是我那副鬼面具让马群受惊，最后杀死了所有的马？

我知道，莎布丽娜说得对，必须把那鬼面具从家里拿出去。可是，拿到哪里去呢？藏到什么地方才能让它永远不被别人发现？

路比我想象的长，看看手表，已经快七点了。家里是六点半吃晚饭，妈妈和爸爸现在肯定已经急疯了。

他们可能会给我没电的手机打电话，还会打给朗格太太。一旦他们得知我是走回去的，肯定会大发雷霆！

气温越来越低，我把拉链一直拉到底，背囊突然好像有一千磅重。

田地慢慢被一排排的小房子代替，我知道路已经不远了，我用手背拭去额上的汗珠，继续向前走。

"小心！"背后传来一声大喝。

两个男孩骑着自行车，分别从我的两侧飞快地擦身而过。他们哈哈大笑，举起手来互相击掌，因为吓了我一跳而乐不可支。

大部分的房子里都灯火通明。我看到屋里的人们围坐在餐桌边，在一户人家的窗台上，一只硕大的白猫看着我从门前经过。

要是能打电话向爸爸妈妈报个平安就好了，我又拿出手机晃了晃。不行，没电。

我走到梅勒斯路，拐了个弯，到了德克兰路，离家还有十到十五分钟路程。

一头灰色的巨犬在车道上扑出来，朝我狂叫。我的心顿时停跳了一拍，然后才发现狗被一条链子拴着。

又拐一个弯，我来到一个小店林立的街区。这儿有一家洗衣房和一家补鞋店，都已经打烊了。我又经过了邮局和一家外卖比萨饼的餐厅。

过马路时，我突然停在了路中间。

我盯着前方拐角处的一个商店，盯着橱窗里明亮的黄色灯光，极力向里面望去。

一张张面孔回望着我，丑陋、扭曲的面孔。

面具。

三排万圣节面具从商店的橱窗里向外张望，有一个大猩猩、几个妖怪，眼睛鼓突，獠牙上滴着血，还有一只毛茸茸的狼人和一个头盖骨高高突起的怪物……

我定在马路中央，逐个面具看过去，然后望向玻璃店门。

我浑身打起了冷战。

这家商店我认识，再熟悉不过了，就是一次次出现在我的噩梦之中的那个商店。

面具店。

我买下那副鬼面具的商店。

16 还不回去的面具

它怎么会在这儿？它怎么回来了？

那家商店本来已经失去踪影，一点儿痕迹都没留下，只剩一块空地。

可是它怎么又出现在我的眼前？

惊天动地的汽车喇叭声将我从恍惚中惊醒，我举起手，挡住车头的灯光，匆匆穿过马路。

我走进橱窗射出的黄光里，那一副副丑陋的面具一起注视着我。

我又跑到店门前，抓住了门把手。这商店是真的，我不是在做梦。

我把脸贴在玻璃上，往店内看去，看到了一条狭窄的走道，两旁是长长的货架，上面放着面具，和我记忆中一模一样。

在柜台的后面——还是以前的那个怪人，就是他把鬼面具卖给了我。

他坐在那儿，看着一本书，面孔迎着光，我看得清清楚楚。

他依然留着细得像铅笔的黑胡子，黑发依然梳得光溜溜的从中间分开。他穿着黑色的套装，外面披着一件黑色长斗篷。

我握着门把手，站了好一会儿，看着他，心中想起了他黑色的小眼睛，还有他仿佛要将我看穿的神情……

深吸一口气，我把门狠狠地一拉。门呼地就打开了，差点儿撞到我，我脚步不稳地走进了店里。

他没有抬头看，一直等我走到柜台前，这才慢慢地抬起头来，那双怪异的小眼斜斜地看着我。

"你还记得我吗？"我的声音又尖又细。

他点点头："当然，我记得你，嘉丽·贝丝。"

我的心跳顿时快起来。我不喜欢他叫我的名字。

我双手用力抓住柜台，想止住自己的颤抖。"那副面具你必须收回去！一定要！"我大声说道。

他细细的胡子下面露出一抹并不愉快的笑容。"收回？怎么收回？"他说着合上书，将它放在柜台上。

那是一本残破的旧书，我看到封面的标题写着"新面孔"。

"它在我家的地下室里，"我说，"今天晚上我就把它带来还给你。"

微笑不见了。"你不能把它还给我。"他说。在他的身后，一整架的骷髅朝我咧嘴笑着。

"为什么不行？"我尖叫着问。

他将斗篷朝身后一拂。"上一次，你以为自己赢了，"他语调轻柔地说，"但我知道真相是什么。"

我陡地张大了嘴巴："啊？真相？"

他凑到我面前，离我那么近，我都可以闻到他呼吸的臭味。"那面具不接受失败。"他悄声地说道。

"太……太荒唐了！"我结巴着说。

"它会回来的，嘉丽·贝丝，"他说，"这个万圣节，它会来找你，对此我爱莫能助。"

"胡说！"我叫了起来，"我已经把它锁起来了，我……"

他把脸凑得离我更近："从来没有人能打败那副面具。没有人在自己的皮肤变成面具的皮肤，自己的眼睛变成面具的眼睛之后，还能活下来。面具消灭了他们，他们所有的人，全部的人，除了你一个。你还活着……暂时还活着！"

他后退一步，长长地叹息一声："你以为自己是面具唯一的受害者吗？还有别人，嘉丽·贝丝。还有一个人曾拥有这副面具，不惜一切地想重新得到它，不惜一切，是你认识的一个人。"

"啊?"我瞪大双眼，"你把我弄糊涂了，"我说，"告诉我该怎么办吧，求你了!"

"我不能告诉你，因为我也不知道，但我知道一件事，"他说，"那面具不控制住你，就绝对不会善罢甘休，它非要用自己的邪恶占据你的头脑不可。"

"不! 求求你——"我央求道，"求求你!"

他耸了耸肩，斗篷在身后沙沙作响："我试过警告你的，嘉丽·贝丝。我曾经试着阻止你，但你不听。你买下面具就跑了，现在你一定要付出惨痛的代价。"

"不! 听我说!"我叫道，"我现在就去把它带回来，你可以把它锁在仓库里。"

他摇了摇头："很抱歉。"

他飞快地从柜台后面闪出来，抓住我的胳膊，手指掐进我的皮肤里，将我拉出门去。

"不! 求你了! 等一下! 帮帮我吧!"我连声地恳求他。

我站在门外，听到里面咔嗒一声上了锁，随后店里黑了下来。

"不! 你一定要救救我!"我尖厉地叫喊着。

我抓住门，但它一动不动，接着我又用两只拳头用力地捶打它。

　　"我不想要那副面具了！你拿回去吧！"我号叫着说，"拿回去！拿回去！拿回去！"

17 面具失踪了

我一口气跑回了家。店铺……房屋……一个个街区里的树木和庭院……在我眼里都成了一团灰灰黑黑的影子。

终于走上了自己家的车道，我已经上气不接下气了。我静悄悄地从后门走进去，屋子里好暖和，还有烤鸡的香味。

爸爸妈妈在书房。我把书包和外套扔在前门廊的地板上，一面喘气，一面扬声说道："对不起，回来晚了。"

"你上哪儿去了？晚饭都没回来吃。"妈妈走进门廊，两手叉在腰上，"我们打电话给朗格太太，她说你按时下班了。"

"你是生气还是担心？"我问道。

"两样都有。"

"没什么大事，"我说，"我好好的，真的。我会解释的，好吗？不过要先等一下。"

我不等她说什么，转身拉开了通向地下室楼梯的门。

爸爸妈妈在我身后大喊大叫，但我三步并作两步，一头冲进了地下室。

我要保证那副面具万无一失地锁在箱子里。想在万圣节逃出来，没门儿。面具店那个人错了，肯定错了！

我抓住拉绳，拉亮储藏室的电灯，然后动手拨开挡路的箱子，在颤抖中打开了铁盒的锁。

我掀起盒盖，却骤然惊叫一声。

"这是什么？这是什么？"我大声说道。

我拉起那团黄色和白色的羽毛。鸭子化装服！这个差劲的化装服是妈妈给我做的，现在被塞进了盒子里。

我把它扯出来，一把扔在地上，然后愣愣地看着……看着面前的空盒子。

鬼面具失踪了！

18 是谁偷了面具?

我看着那只空盒子,只觉得头昏脑涨。过了一会儿,我弯腰拾起毛茸茸的鸭子化装服,用力抖了抖。面具藏在里面吗?

没有。

我跌坐在一个纸箱上,苦苦思索。脑子里闪过了一百万个疑问,每一个都叫人胆战心惊。

怎么会这样?面具逃走了吗?面具店的男人说的是真的?

他说有人想得到它。是那个人到我家偷走了它吗?

他们怎么知道面具藏在哪里?

哇,等等。

我突然想起了一件事:挪亚到过地下室。我处理面具的时候,被他看到了吗?我忘记关上盒子的那天晚上,他来过这里吗?

我的胃里突然好像结了一个硬块,有要呕吐的感觉。

把面具换成鸭子化装服,正像是挪亚喜欢干的把戏。

如果他把面具拿回自己房间，肯定会戴上它，那样就不得安宁了。

现在他有没有钻进面具里，被邪恶所控制呢？

心脏发疯似的跳起来，我鼓起勇气，从地上爬起来，向楼梯跑去。

妈妈在厨房里叫我："嘉丽·贝丝，现在要吃饭吗？你没事吧？"

"马上就来！"我大喊一声，冲上楼梯，跑过走廊，来到挪亚的房间。"挪亚？"我叫道，"挪亚？你还好吗？"

我一把推开他的房门——顿时魂飞魄散。

慢慢地，挪亚转过头来，他的眼睛直直地望着我，透过那副疙里疙瘩的绿色面具。

19 一场虚惊

我踉跄着后退，一直撞到墙壁上。

挪亚在面具里朝我眨眨眼睛："你出什么毛病啦，怪胎？我正试绿巨人面具呢，你没见过绿巨人吗？"

我瞪着那傻乎乎的绿色面具看了半天，然后爆笑起来。"太帅了，挪亚，"我说，"我只是没想到……"

"我想要扮金刚狼，"他隔着橡皮面具闷声闷气地说，"但那儿只有绿巨人。"

"呃，我觉得这样好看多了，"我说，"你应该一直戴着它。"

他飞脚踢中了我的腿。

"别这么暴力嘛！"我说。

"你开玩笑？你叫绿巨人不要使用暴力？"

他嗷地叫了一声，拦腰抱住了我。我们俩一起嘻嘻哈哈地摔倒在地上，他又吼了几声，企图把我的双手按在地毯上。

"嘉丽·贝丝？你们在上面搞什么名堂？"妈妈站在楼梯

底下喝道，"我真的要生气了，你到底来不来吃饭？"

"来啦！"我一把推开绿巨人，"现在就下来！"

我把自己的房间检查了一遍，免得那副鬼面具躲在里面等着我。

然后我就急匆匆地下楼吃了晚饭。

因为心事重重，所以我没什么胃口。我知道，那副面具很快就会出现在我面前的。

看到它的时候，我该怎么办呢？

怎么办？

20 克拉克的真实身份

　　万圣节之夜，我和莎布丽娜一起沿着砾石路向农庄走去。我们俩都打扮成了小丑，脸涂得白白的，脖子上围着粉红色的皱领，脸上夹着一个红色橡皮做的小丑鼻子。

　　明亮的黄光从每一扇窗户里洒了出来，里面飞出音乐声和孩子们欢笑吵闹的声音。

　　我们拉开前门，劳拉脚步匆匆地迎上前来。她穿着银色的公主装，但是满脸通红，头发乱蓬蓬的。

　　"进来！"她气喘吁吁地说着，一把拉住我的外套，"真高兴你们来了，你们跑哪儿去啦？"

　　"等车等了一个小时，"我说，"很遗憾，我们来晚了。"

　　劳拉叹了一口气。"我也很遗憾哪，"她说，"孩子们今晚全都玩疯了，简直翻了天，就好像我一个人要对付八个杰斯一样！"

　　"我们试着让他们乖一点。"莎布丽娜说。

　　"你们瞧瞧我的公主裙，"劳拉说着，指了指裙子前面，"安吉拉把橙汁吐在上面了。"

"完美天使安吉拉?!"我问道。

"今晚的安吉拉也不是天使了。"劳拉满腹怨气。

莎布丽娜和我赶快脱下外套，跟着劳拉来到游戏室。我们早已在墙壁和天花板上挂满了橘色和黑色的彩条纸。

我看到杰斯正在把彩条纸往下扯。他拿起一根长长的黑色纸条，想反绑科林的双手。

科林挣扎着，打翻了一盘饼干，两个男孩在地板上扭打起来。

另外两个男孩正忙着打爆悬挂着的橘色和黑色气球。黛勃拉缩在墙角，呜呜咽咽地说着："我要回家！我不喜欢万圣节！"

"晚会开得不错啊！"莎布丽娜打趣说。

劳拉转了转眼珠子。"咱们分头行动，"她说，"他们人多，但还能对付。"

过了好一会儿工夫，我们才让孩子们都坐下来。然后劳拉就教他们唱一支怪里怪气的万圣节儿歌，我以前还从来没有听过。这首歌里有好多"噢——噢——噢——"，听了叫人起鸡皮疙瘩，但小孩子就喜欢这个。

然后我鼓动孩子们自己编恐怖鬼故事，但他们却满屋子"噢——噢——噢——"地叫个不停。杰斯还找来几条虫虫橡皮糖，想从脖子后面塞进哈蒙妮的巫婆化装服里。

"我本来想现场教他们怎么雕南瓜灯，"劳拉说，"但今天晚上，我可不敢把刀子放在这些家伙面前！"

"他们全都疯了，"我说，"是不是万圣节糖果吃多了？"

又一个气球爆炸，黛勃拉又哭了起来。

这时，朗格太太一阵风似的进来了。她打扮成了巫婆的模样，穿着长长的黑裙子，头戴一个尖顶黑帽子，黑色的面罩只挡住眼睛部位，还拿着一把老式的麦秸扫帚。

她把头向后一仰，发出嘎嘎嘎的怪笑，十足一副老巫婆的样儿，马上吸引了孩子们的注意。

"快把碰撒的饼干收拾起来，"她说着朝地面一指，"不然我就会对你们下咒，把你们变成丑怪的蜘蛛！"说完又是一阵怪笑。

几个孩子立即蹲下来拾饼干。

"劳拉，你不是想帮他们自制面具吗？"朗格太太动手把做手工的材料搬到桌子上，"现在就开始吧，他们可以用这些纸袋做面具，我要看到天底下最最可怕的面具！"

孩子们没怎么理会她的话，而是满屋子乱跑，撕彩纸，扔苹果，到处找万圣节糖果吃。

我长叹一声。原以为这个万圣节会过得很有趣，但孩子们不合作，而且我也不怎么打得起精神来。

我不停地在房间里东张西望。这个万圣节晚会我怎么可能玩得尽兴呢？那鬼面具一直在我脑子里打转。

"嘉丽·贝丝？"

过了好一会儿，我才反应过来，是朗格太太在叫我。我用力摇摇头，摇走那些可怕的思绪："什么事？"

"你能到我办公室去一趟吗？"朗格太太问道，"我桌面上有一盒荧光笔，用来画面具最好了。"

"没问题。"我应了一句，出了游戏室，沿着长长的前廊走下去，鞋子在硬木地板上发出脆响。

我走过一间音乐室，里面靠墙摆着一架旧钢琴，然后是一间小小的卧室，床头的墙壁上挂了一幅奔马图。

朗格太太的办公室在走廊尽头，我走进去，打开了顶灯。

窗户是开着的，米黄色的窗帘在屋里飘呀飘，就像鬼魂一样。

她的电脑打开着，屏幕上是一头咧着嘴的拉布拉多寻回犬。桌面上，报纸、杂志堆得高高的，还有一摞书。

我在桌上弯下腰，寻找那盒荧光笔。

角落里有一本书引起了我的注意。那是一本旧书，灰色的封面已经残破不堪，标题是"腾波敦时代"。

我拿起书，霉味儿扑鼻而来，把它翻开一看，原来是腾波敦农场的历史。我用拇指飞快地翻动书页——然后停在了书中印着旧照片的那一部分。

第一张模糊的黑白相片照的是原来的农庄，那时不过是一间小木屋。第二张照片上有几个笑呵呵的农场工人，手拿铁锹和干草叉，背后是一辆堆满干草的马车。

我翻过这一页，看到下一张照片，不由得连眨了几下眼睛，立即就把上面的人认了出来。

照片的一侧是两匹高头大马，头低了下来。

斜靠在门口的是一个马童，嘴角还叼着一根长长的稻草。

我把书拿近眼前，仔细看着这个马童。

他的样子很眼熟。

没错！我一直看着照片，把那张脸看了个清清楚楚。

然后，我觉得喉咙里憋得喘不过气来，全身骤然一阵冰凉。

那个马童正是克拉克！

21 克拉克现身

克拉克是幽灵。

我用颤抖的双手捧着那本书，双眼凝视男孩的面孔。没错，绝对是克拉克。

克拉克是幽灵。

我猛地合上书，把它扔在桌面上，又想起了面具店怪人说的话："还有别人，还有一个人曾拥有这副面具，不惜一切地想重新得到它。"那人就是克拉克！"要告诉莎布丽娜。"我大声地说。

我拿起那盒荧光笔，跑出房间，一颗心扑通扑通地乱跳。我跌跌撞撞地跑出走廊，冲进游戏室就放声大叫："莎布丽娜？莎布丽娜？"

突然，我住口不叫了。克拉克就在眼前，正背对着屋后的玻璃门站着，头发垂在前额上，两只手放在身体两侧。

"啊！"我吃惊地叫了起来，恐惧紧紧地哽在喉咙里。

克拉克，你在这儿干什么？我心想，我已经知道了你的底细，我知道你就是马童，我知道你是个幽灵。

为什么你会来这里？

克拉克离开门边，对安吉拉和科林说了句什么，然后伸手到背后，从口袋里掏出一个东西。

一副面具！

是让马群受惊的面具，我的鬼面具吗？

克拉克把橡皮面具罩在脸上。那是一个形象狰狞的面具，但不是我那一个。它的颜色是绿的，眼睛很大，有鳄鱼式的尖嘴和两排尖利的黄牙。

他把面具在头上套好，向孩子们走去。

"不——"我想大声制止他，却一点声音都发不出来。

我知道我一定要赶快行动。只有我知道克拉克是个幽灵，孩子们有危险，我们所有人都有危险。

我抓住莎布丽娜，让她转身面对着我。"快——"我好不容易才说出话来，"把孩子们带到手工台边去，把他们聚在一起，教他们做面具。"

"朗格太太和我试过了，"莎布丽娜说，"他们不肯坐下来啊。"

"听我说！"我厉声叫道，"把孩子们从克拉克身边带走，让他们在那儿做面具。"我伸手一指房间另一头的手工台。

"喂？"莎布丽娜说，"嘉丽·贝丝？你为什么慌了神似的？"

"过会儿再解释，"我紧紧地盯着戴面具的克拉克，"朗格太太在哪里？"

"她和劳拉去再取一些苹果酒过来。"莎布丽娜说完仔细地看了我半天，她能看得出我有多害怕。

"好吧，我去把孩子们召集起来。"她转过身去，开始把那些小孩往手工台边领。

我帮着把杰斯和黛勃拉往那边推。"上这儿来。"我尽量装得很平静，不想吓到这些小孩，"拿一个纸袋，咱们一起动手做万圣节面具，越可怕越好哦！"

孩子们都坐下来以后，我深深地吸了一口气，大步向克拉克走去。

"嘉丽·贝丝——嗨！"他在丑面具里面说道，声音闷闷的，黑眼睛看着我。

"我知道了，"我说，"我……我知道你的事了，克拉克。"我双手抓住他面具的顶部，将它一把扯了下来。

"喂！"他恼火地叫了一声，伸手来抢面具，"你这是干什么？"

我端详他的脸。没错，我是对的。

我的心飞快地跳着，呼吸很困难。我和幽灵近在咫尺！

"你就是那个马童，"我说，"你就是很久以前杀死那些马的人。我在一本旧书里看到了你，肯定是你，克拉克。我知道你是什么，你是一个幽灵！"

他的视线没有从我脸上移开，但是笑容慢慢不见了。"是的，你说得对，嘉丽·贝丝，"他轻声地说，"现在你知道了真相。"

22 把鬼面具交给我!

我连连后退。

他逼上前来，脸凑到我面前。"我要夺回面具——然后将这个房间里的人通通杀死!"他悄声地说道。

"不——"我倒吸了一口冷气，将那副丑面具藏在身后，双手紧紧地抓牢了它。

这时，克拉克大笑起来，他摇着头，笑得很厉害。

"嘉丽·贝丝，你脑子发昏了吗?"他叫道，"我只是跟你开个玩笑，不是真的。"

"不是玩笑，"我坚持说，"我在一张老照片里看到你了，就是那本介绍腾波敦农场的书里，我看得很仔细，我……"

"我也看过那张老照片，"克拉克说，"那是我爷爷，我爷爷是马童，当时他和我现在一样年纪，我长得和他很像。"

"你说谎，"我说，"马童在马群受惊那天已经死了，他怎么可能是你的爷爷! 照片里就是你! 我知道!"

我回头看了看手工台，孩子们已经做好面具，有几个正在纸袋上剪洞。

克拉克趁机从我手里抢走了面具，然后举到我面前："你仔细看，嘉丽·贝丝，这是一副鳄鱼面具，只是副普通的万圣节面具，我从沃尔玛超市买的，不是惊吓马群的那副邪恶面具。"

我控制不住地直打哆嗦，不相信他的话。"克拉克，照片不会说谎，"我说，"你就是那个马童。你来这儿干什么？你在找鬼面具吗？所以今晚你才会来？"

他连连眨眼："啊？鬼面具？不，我……"

我又向后看了一眼。孩子们正在试戴面具，往头上套那些棕色的纸袋。

"我不知道你有什么企图，"我对克拉克说，"我不知道为什么你在农场里阴魂不散，但是，求求你——不要伤害那些小孩子。"

克拉克张大了嘴。"你疯了！"他说，"你真的疯了！听我说……"

不等他说完，孩子们围聚的桌边传来一声尖叫。

"救命！"

我急忙转身——看到孩子们头上全都罩着纸袋面具。

"救救我！我脱不下来了！"科林尖叫着用手去扯面具。

另外两三个孩子也开始撕扯面具，并高声尖叫起来。

"它粘住我了！"

"脱不下来！"

"疼！疼！帮我脱下来！"

惊恐的尖叫冲出我的喉咙，孩子们被面具困住了——就像我以前一样。

克拉克干的。可是为什么呢？为了教训我吗？

我把他的鳄鱼面具一把扔了出去，赶到桌边去帮助孩子们。他们又哭又叫，拼命地拉扯纸袋面具。我看到，纸袋紧紧地包着他们的脸。

"克拉克！住手！"我厉声叫道，"别对这些小孩下手！停下！"

"救救我，嘉丽·贝丝！好疼！好疼啊！"哈蒙妮哭叫着说。

"啊！我看不到东西！我不能呼吸了！"杰斯扯着嗓子喊道。

"克拉克——你想干什么？"我说，"别这样——求你了！"

他就站在我身后，我拉住他的胳膊。

"啊！"

他是实实在在的，他的胳膊是暖的。

我目瞪口呆。"你……你是活的！"我叫道，"你是活的，你不是幽灵。"

我脑子发晕，彻底被弄迷糊了。

孩子们全都站起身来，尖声哀叫，狂乱地拉扯自己的面具。我抓住杰斯面具的顶部，想把它拉下来，但它紧紧地吸附在他的脖子和肩膀上。

莎布丽娜在我旁边，一手按着黛勃拉的一边肩膀，一手想把面具脱下来。她使出了很大的力气，用力一拉，但面具一动不动，黛勃拉却陡地发出一声很惨的尖叫，小手在空中乱挥。

门开了，劳拉冲了进来，金发在面庞周围飞舞，视线从孩子们身上扫过。

她大踏步地向克拉克和我走过来，脸上有一种狂野而古怪的表情。她是在笑吗？

"很抱歉我不得不让这些孩子大受惊吓。"劳拉说。

"啊？"我呆若木鸡地看着她，看着她冷冰冰的银灰色眼睛。

"只有这样才能让你听话，嘉丽·贝丝，"劳拉说，"想救这些小孩吗？只有一个办法。"

"劳拉……我不明白，"我断断续续地说，"你在说什么？"

"把鬼面具交给我！"她尖厉地叫道，"不拿回它我就不得安宁！拿来，嘉丽·贝丝——最好动作快一点！"

23 劳拉的要求

我直往后退，一直退到墙边。灯光突然间显得那么刺眼，脚下的地面似乎在飘动。

克拉克满脸的惊愕之色，莎布丽娜紧紧抱着胳膊，在恐惧中瑟瑟发抖。

孩子们在屋里转着圈地疯跑，他们尖叫着、哭泣着，又抓又扯头上的面具。

"去拿面具！"劳拉嘶声对我说，"我需要它，嘉丽·贝丝。我已经等了好多年，好多好多年，等待有一天可以重新拥有它。"

我按下心头的恐惧，朝她怒目而视。"你才是那个幽灵！"我叫道。

她向后一甩满头的乱发，眼睛闪闪发光。"是的，是——的！就是我，全是我，不是那个马童，克拉克的爷爷。他没有戴面具，是我！我才是死在马蹄下的那一个！"

她从地面上飘飘荡荡地升了起来。"只有重新得到那副面具，我才能获得安宁，"她放声尖叫，压过孩子们的哭叫声，一双诡异的灰眼睛仿佛在燃烧，居高临下地逼视着我：

"我父亲是腾波敦农场的主人，而我却把它全毁了。我戴那副面具，本来只是为了好玩，想吓那个马童一大跳。我不知道那副面具是邪恶的，也不知道它的邪恶会永远改变我！"

她飘下来，落在地板上，一股寒气从她的身体里散发出来。

"我在这个农场里已经等了那么长的时间，"劳拉继续说道，"有一天晚上，我听到你到了马房里，嘉丽·贝丝，我听到你和克拉克在说话，听到你告诉他说，你有一副鬼面具。于是我就知道，漫长的等待终于要结束了。"

"劳拉——放过这些小孩子！"我喝道，"让他们脱下面具！"

"不——"她断然答道，又在我面前凌空升起，长发在头的两边舞动，就像翅膀一样，"先把面具给我！只有找回这副面具，我才能真正安息。别傻站在这儿！去拿！再晚孩子们就要憋死了！"

我喉咙发紧，透不过气来，突然想起了一件事。我突然想起地下室里的那只打开的铁盒，想起自己从里面拉出一件毛茸茸的化装服。

248

"劳拉——鬼面具不在我手里!"我叫道。

"骗人!"她尖叫着,在愤怒中,两只眼睛里闪着熊熊的火光,"骗人! 去拿——快点!"

"可是……它不见了!"我告诉她说,"不在我这里,是真的! 它……它不见了!"

劳拉飘到我的头顶上,双手紧紧地握着拳,在空中狠狠地挥舞,眼睛里的红光一直灼灼闪亮。

"难道你希望这些孩子因为你的谎话而闷死在面具里吗?"

"你一定要相信我!"我苦苦哀求,"面具不见了!"

这时,一个细弱的声音从角落里发出,是莎布丽娜的声音。"我知道它在哪里。"她说。

24 不能让她得到面具

孩子们依然尖叫哭喊个不停，在我们周围转着圈乱跑，拉扯头上的面具。

莎布丽娜微微上前一步，我万分震惊地看着她。

劳拉飘飘荡荡地降低高度，放下拳头，怒火熊熊的血红双眼看向莎布丽娜。

"我只是想帮帮你，嘉丽·贝丝，"莎布丽娜怯生生地说，"我溜进你家，从地下室里拿走了面具。我知道，那面具在你家里，你就不安全。我……我把它埋在马房外面了，那儿谁都不会去。"

这么说，那片新挖的土原来是这么回事，我还以为是个坟墓呢。

"赶快去拿来，"劳拉下令，"把它挖出来，拿来给我，不然我就让这些孩子更加喘不了气。"

"你没有好下场的！"克拉克一声怒吼。

他冷不丁地朝空中扑去，我赶紧往后面一闪。他高举双手，将劳拉扯下地来。

但克拉克的手直接从她的身体中穿了过去！幽灵，谁都无法抓住一个幽灵！

她又从地面升起，伸出一根长长的指头指着克拉克，同时恶狠狠、冷冰冰地盯住了他。

"不——"克拉克惊骇万分。在劳拉的瞪视下，克拉克动弹不得，一路惨叫着被她在房间里倒拖过去。

咚！他的头猛地一甩，重重地撞在墙上，接着他便哼了一声瘫倒在地。

劳拉脸上挂着冷冷的微笑，转头看着我。"看到了吗？"她说，"是不是想看到小孩子飞上半空，然后头先着地？"

她挥手将我朝门外赶去。"别发呆了，嘉丽·贝丝，你知道自己没别的办法，去把鬼面具挖出来，拿来给我。"

她说得没错，我没别的办法。我跑出玻璃门，孩子们的号哭声一直回荡在耳际。

强劲的冷风将我朝后推，我用双臂抱着身子，低着头穿过后院，向马房跑去。

呼吸在面前凝成白汽，鞋子踩在结霜的坚硬地面上发出吱吱嘎嘎的声响。

长长的草叶起伏摇摆，淡淡的银白色月光在前面铺出了一条小路。

我走进黑暗中的苹果园，月光的小路在此中断。树干、树枝在幽暗中看不清楚，影影绰绰地好像要挡住去路，我跌跌撞撞地走进园中。

到达马房，我已经两肋生疼，喉咙又干又痛。我找到了莎布丽娜埋面具的那块地面，不等自己喘过气来，就跪在地上，用两只手捧起泥土。

不需要挖太长时间，莎布丽娜埋得不是很深。我从埋葬面具的浅坟中将它拿起，它摸上去居然是热的！

我抖掉面具上的泥，在颤抖的双手中，它向上瞪视着我。

我跑过苹果园，来到农庄。还来得及救那些可怜的小孩子吗？我能救出他们吗？劳拉真的会把他们的面具脱下来吗？

我冻得浑身发抖，走进了前门，面具拿在身前。

孩子们已经安静下来不哭叫了。有的躺在地板上，无力地拉扯着面具，另外一些互相挨挤着在角落里蜷成一团，低声地抽泣。

劳拉朝我冲过来，看到面具时，她的眼睛放出光来。"把它给我！"她叫道，"我已经等了好久了！我需要它！"

我剧烈地喘息着，全身直打战，手中的面具递了出去。

她伸出手来，浅色的眼睛里闪动着狂热的光芒。

我又把手缩了回来。

面具会让劳拉变得更加邪恶，我心想，她想取回面具，不是为了获得永久的安息。

她想要面具，全是因为它能让她做更多的坏事！

如果她得到了面具，她会把我们全都杀死！

"给我，"劳拉低声叫着，猛地伸手朝它抓去，"给我，嘉丽·贝丝。"

我能感觉到她来自鬼界的力量，寒冷而又强大。我感觉到一股拉力，感觉到她在拉我的手臂……把面具朝她拉过去。

"不！"我用力地喊了出来。

必须有人来拯救这些孩子，我作出了一个可怕的决定。

我抓住鬼面具的一侧，高高举起，随即将它套在了自己的头上！

25 面具赢了

我吸了一口气。面具的热力烫着我的脸，我感觉到它立即开始收缩。

但我知道，必须以恶制恶。

孩子们的尖叫声传来，我转过头去，发现他们已经扯下了纸袋面具。他们的脸涨得通红，上面全是汗水，然而，他们却笑着嚷着，高兴得活蹦乱跳。

劳拉已经集中精力，打算专门对付我一个，因此解除了对孩子们的控制。

朗格太太跑了进来。"怎么叫得这么凶？"她问道，"我在办公室忙点儿事情，我……"

看到我和劳拉互相对峙的样子，看到我戴着的鬼面具，她的脸上一下子失去了血色，全身剧烈地颤抖起来。她没有再说一个字，把孩子们叫过去，匆匆带出了农庄。

劳拉燃烧着的双眼死死地盯在我脸上。"你这个傻瓜！"她尖叫道，"把面具摘下来！给我！"

面具贴着我的皮肤，慢慢收紧，严密地贴附在我头上。

同时，我还感觉到它邪恶的意志向我涌来，犹如一股冰冷彻骨的水流，灌进我的身体。

"你这个傻瓜！"劳拉狂呼乱叫，"我是要毁灭这个面具！我不是想戴上它！"

"骗人！"我的声音从面具里发出，嘶哑而又低沉。她肯定在说假话。

随着一声暴喝，劳拉冲过来，双手抓住我的面具："给我！它是我的！是我的！你会付出代价！我会让你付出代价！"

她揪着面具的脸颊用力拉扯，然后又去扯面具的顶部。

"不！放手！放手！"我尖声大叫。面具紧贴着我，已经成为我身体的一部分，那副狰狞的面具已经变成了我的脸！

怒火在我胸中熊熊燃烧，我控制不了自己暴烈的情绪。

我发出狂暴的吼叫。这时候的我已经不是自己了，我变成了某种动物。"你完了，劳拉！今晚你就会看到自己的下场！"

我发出动物的低吼，扑过去想抓住她，但是双手却从她的身体当中穿了过去，抓了个空。

"你逃不掉的，劳拉！"我吼声如雷。

她鬼气森森的面孔上掠过一丝惊慌，向旁边一闪，冲出玻璃门，跑进了后院。我紧紧地追了上去。

我冲进冰冷的黑夜之中，寒风阵阵，我的鞋子重重地敲打在结霜的土地上。我走进草丛里，深深的野草被我踏倒在脚下。

"你逃不了的，劳拉！"我咆哮着说。

她飘飘荡荡地掠过草场，头发在脑后飞扬。我伸出双臂，在后面追赶。

我们俩都沉默着，一种深深的令人心胆俱寒的沉默。

这时，在飞速的奔跑中，我昂起头颅发出高亢尖厉的怒号。

不是我在叫，不是嘉丽·贝丝的叫声。

是面具的呼叫，是那副鬼面具发出的叫声。

这副面具已经控制了我的身体、我的意志。

面具赢了！

26 我战胜面具了吗?

我的呼号响彻了整个空旷的草场。这号叫来自于动物——不是人,是饱含着怒火的邪恶的吼叫。

我就这样,叫了一声又一声,同时体会着面具深深烙进皮肉中的感觉。我边跑边叫,然后在震惊中住了口。

我听到了一阵隆隆的响声。我像动物一样呼哧呼哧地喘着气,侧耳倾听,随即听到了马的嘶鸣之声,还有隐约的马蹄声。

紧接着,数十匹幽灵马从黑暗的苹果树林中奔腾而出。苍白的马儿,白色的鬃毛在高昂的头颅之后迎风飞舞,它们的眼里闪动着冰蓝的亮光,嘴唇张开,似乎在发出经久不息的哀鸣。

大地震撼,长长的野草乱纷纷地低下去,剧烈地起伏波动。幽灵马聚在一起,昂首挺胸,发出蓝光的眼睛一双双追随着劳拉的身影。

劳拉惊叫一声,无路可逃。

群马包围了她,越跑越快,越跑越快,最后变成了一团巨大的白影，在这团慑人的幻影里，浮现着散发幽冥之气的蓝色眼睛，嘶叫声、马蹄声，还有尖叫声，不绝于耳。我目瞪口呆地看着这神奇的一幕。

随后白影渐渐散去，群马放慢速度，包围圈也缓缓散开。

再过后是一片寂静，沉重而令人不安的寂静。风停了下来，野草不再激烈摇摆。

再也听不到尖叫声，劳拉已经无影无踪，消失在幽灵马的奔腾之中。

我目送马群向苹果园退去。它们低下头，彼此发出轻柔的低鸣。它们现在可以安息了，多年以前令它们大受惊吓的女孩已经彻底魂飞魄散。

我目送马群消失在树林里，然后才转过身，大步向农庄走去。

莎布丽娜和克拉克冲进后院，向我迎了过来，但我那张凹凸不平的绿色丑脸又让他们收住了脚步。看到我眼里闪动的邪恶之光，他们同时吸了一口冷气。

"啊！嘉丽·贝丝！"莎布丽娜叫了一声。

我抓起放在后院中间的手推车，高举过头——朝后门扔了过去。玻璃哗啦一声，碎了一地，我昂首向天，狂笑起来。

"走开——你们俩!"我咆哮道,"我再也不是嘉丽·贝丝!我是鬼面具!"

"不!嘉丽·贝丝——我们能帮助你!"克拉克喊道。

但是,我捡起一把锄头,扬手就朝他的脑袋扔了过去。

"不要——"克拉克和莎布丽娜齐声惊叫。克拉克弯腰一闪,锄头从他头上飞过。

我到处寻找别的可扔的东西,克拉克和莎布丽娜转回身,冲进了屋子里。

我抬起头,向着月亮发出号叫。

胸中怒气充盈,我无法控制,只想推倒每一棵树,将农庄撕成碎片。

我跪倒在地上。这就是我最终的下场吗?我的外表和行为永远都是这样了吗?我在心中自问,没有办法可以拯救我吗?

我想起了上一个万圣节,想起那个店主曾对我说过的话。

"只有爱的象征才能将它脱下来。"

我向四处张望。"这儿没有爱,"我喃喃地说,"有的只是恐惧和愤怒。而且,店主人还说过,对这副面具,同一个爱的象征物只能发挥一次效力。"

但我那时打败了这副面具，我摆脱了困境。店主说我是唯一的一个……他说他也不知道接下来会怎样……

我跪在冰冷坚硬的土地上，向月亮再次发出尖厉的号叫，叫声悠长而激昂。当我低下头来时，突然发现幽灵马又回来了。它们踏着深深的野草，幽渺的白色鬃毛又在风中翻飞舞动，它们的眼睛里有冰蓝的光芒在闪耀。

它们朝我奔来，这一次是冲我来的！

我闭上眼睛，咬紧了牙关。

准备迎接即将到来的痛楚。

27 明年万圣节见

我跪在地上，听着雷霆万钧的马蹄声，极力稳住自己，稳住自己……突然觉得脸上一痒。

睁开眼睛，原来是一匹马在用鼻子摩挲着我的脸。另一匹苍白幽淡的马垂下头来，用脑袋轻轻地拱着我。它是想让我摸摸它。

马儿们紧紧地围绕着我，轻柔地低声嘶叫，一下一下轻轻地碰我。

我张开双臂，搂着一匹马的脖子。

一个细细的声音从很远的某处传来，是劳拉的声音。"嘉丽·贝丝，这么多年里，只有你还关心它们，"她向我喊道，"只有你对它们表现出一些关爱。"

过了半晌，我才明白劳拉说的是什么。

那串胡萝卜！

我为它们带去了胡萝卜——它代表了关爱和怜悯。

我心头狂跳，从地上爬了起来。随着一声喜悦的大叫，我扯下了鬼面具！是的！扯下来了！扯下来了！

清凉的空气吹拂在我火烫的面孔上，心中的怒火慢慢地平息，那面具对我的意志的控制力也渐渐撤去。

马儿们紧接着也隐去不见，只留下发亮的冰蓝色眼眸。一双双眼睛飘荡在我的周围，在黑色的夜空下闪闪烁烁，就像一颗颗星星。随后这些眼睛也消失不见。

我转过身，看到莎布丽娜和克拉克站在后门的外面。我向他们俩奔去，张开双臂紧紧抱住了莎布丽娜。

"莎布丽娜，我抖得停不下来，"我说，"不过，我好高兴！噩梦结束了，对每个人来说，都永远地结束了！"

低头一看，我这才发现，那副鬼面具还被我紧紧地抓在手里。

我抬起手，看着莎布丽娜和克拉克。"我们得把它重新埋起来，"我说，"现在就去，我们……"

后面的话没说完，我停了下来。那副面具在我手中扭动，丑恶狰狞的绿色面具颤动着、摇摆着，肥厚的橡皮嘴唇上下活动。在惊恐中，我听到了它嘶哑的低语：

"你是我最喜欢的，嘉丽·贝丝，明年万圣节见……"

前情介绍……

普通人家的孩子们接到了"惊恐乐园"的邀请，那是一个很受欢迎的恐怖主题公园，里面全是惊险刺激的游乐项目。每一位"特别嘉宾"都可以在里面过上既恐怖又好玩的一周，可是，现在这种恐怖游戏有点过头了。

两个女孩——布兰妮·科斯比和莫莉·莫洛伊——失去了踪影。还有，贝利吓坏了，因为他的妹妹突然变成了隐形人，然后也不见了。

一位向导——名叫拜伦的骇人精——向孩子们发出警告，说他们有危险，并且试图帮助他们……可是另外两个骇人精却把他抓走了！

为什么孩子们有危险？失踪的女孩到底在哪里？也许拜伦知道答案——如果孩子们能找到他的话。

当嘉丽·贝丝和莎布丽娜接到邀请时，压根儿不知道有一场真正的恐怖在等待着她们！

接下来会发生什么事？翻开书页，跟随嘉丽·贝丝和莎布丽娜一起走入"惊恐乐园"吧……

1 幽灵剧院

和那副鬼面具有过几次惊心动魄的交手之后，我什么都不怕了。

因此，当我收到从"惊恐乐园"发出的写给嘉丽·贝丝的信时，心里一点害怕的感觉都没有。我知道自己在那儿一定会玩得很高兴——尽管大家都说，"惊恐乐园"是世界上最叫人胆寒的地方。

邀请信上说，我可以带上一个朋友，在那里玩一个星期——完全免费！于是，暑假一到，我就已经准备好了，要忘掉那些真实的恐怖经历，去享受一下恐怖带来的乐趣。

到乐园的第一天，莎布丽娜和我坐在了幽灵剧院的嘉宾席里。风琴阴惨惨地奏着乐曲，紫色幕布的舞台上鬼影幢幢，不知藏在何处的扬声器里传来一阵阵邪恶的笑声。

"真了不起，"莎布丽娜说，"你怎么拿到来这儿的免费邀请的？"

我耸耸肩："别问我，我一点儿都不知道。"

扬声器里传来一个低沉的声音："观众们请注意，魔术师曼度在后台为自己施了一个魔咒，不幸的是，他把自己变成了一只鸽子。一旦他把自己变回来，演出立即开始。"

大家都笑了，我举头四顾，剧院里坐了将近一半，孩子们和大人还在源源不断地往里走。

剧场是狭长形的，排列着颜色惨白的坐椅。紫色的墙壁上，一张张面孔放声尖叫。

莎布丽娜用胳膊肘捅了捅我："看，那两个男孩会坐在我们旁边。"

我向走道扭过头去，看到了一个骇人精——这是这儿对工作人员的称呼。他一身青色和紫色的打扮，正把我们旁边的位置指给两个男孩看。

莎布丽娜理理头发，又拉拉浅绿色 T 恤衫。"他俩看上去挺可爱的。"她悄声地说。

两个男孩坐进椅子里，他们长着一样的深色头发、深色眼睛。莎布丽娜欠身说了声"嗨"，但他们完全没有留意到我们，一副心事重重的样子。

"贝利，我看到他们把拜伦拉进了这个剧院，"高一点的男孩说道，"我敢打赌，肯定是把他藏在后台的什么地方了。"

贝利的脸很红，他不时地向走道上的骇人精引座员扫去一眼。"好好坐着，贝利，"马特小声说道，"装做是来看演出的。等灯黑了，也许有机会溜出去找拜伦。"

我看着他们。出什么事了？

"可是，也许我们应该先去找辛娜、布兰妮和莫莉。"名叫贝利的男孩说道。

马特摇了摇头："你还不明白吗？拜伦说他愿意帮助我们，他知道这一切是怎么回事，我们必须把他从骇人精手里救出来。"

贝利猛地一拍坐椅扶手："我妹妹在哪里？怎么会发生这种事？"

马特手里捏着个什么东西，我仔细一看，原来是一小块镜子的碎片。两个男孩坐在那里，四只眼睛一起望着镜片。

唉，我可不是个包打听，但是，这事儿实在是太叫人好奇了。

"你们怎么了？"我问道，"在看什么呢？"

他们猛地抬起头，往周围看了看。"啊，嗨!"马特打了个招呼。

"刚才没看到你们。"贝利说。

"怎么了？"我又问了一句，"你们好像遇到了什么麻烦。"

他们你看我，我看你，拿不定主意是不是该告诉我。

"呃……我们遇到了一件蹊跷事，"终于，贝利开口说道，"我妹妹辛娜失踪了，我们另外认识的布兰妮·科斯比也不见了。"

莎布丽娜张大了嘴："失踪？真的？你们告诉乐园的工作人员了吗？"

贝利转了转眼珠："你以为他们会乐意帮忙吗？"

"一个名叫拜伦的骇人精想帮我们，"马特说，"但是又被别的骇人精抓走了。"

马特看到我盯着那片镜子，便将它举到我面前："里面有什么？"

我把那一小块镜片拉近些。"我看到布兰妮·科斯比正在玩某种游乐项目。"

"她们就是失踪的布兰妮·科斯比，"马特说，"布兰妮和莫莉。"

我仔细地看着镜子里的女孩："这镜子是怎么回事？幻觉吗？"

"不，你看到的是真的，"贝利说，"我们得找到那座旋转木马，也许我妹妹和她们在一起，但想找到她有点儿困难，她隐形了。"

我看了看莎布丽娜，她好像和我一样摸不着头脑。这件事听起来太荒唐，镜子里的失踪女孩？隐形女孩？他们的神情很沉重，倒不像是在开玩笑。但真的有这种事吗？

马特向我转过脸来，我发现他长得很帅。贝利是个瘦子，马特则像个运动好手。"你们和我们一样，也是'特别嘉宾'吗？是不是收到了免费游玩的邀请？"他问道。

"是的。"我说。

"来这儿之前，我们都遇到过可怕的事，"马特说，"贝利和妹妹曾经大战僵尸海盗，我呢，被一种叫做'魔血'的吓人东西找过麻烦。"

我想到了鬼面具，太阳穴顿时突突直跳。

"我们猜想，被邀请到这个游乐园来，肯定跟今年我们遇到的恐怖事件有关，"贝利说，"你也遇到过吗？"

要不要告诉他们？我对他们还一无所知。

我决定还是不说的好。

"呃……没有，"我答道，"我没遇到过什么恐怖事件。"

莎布丽娜戳了戳我，想说什么，但是我朝她使了个眼色，她又把话咽了回去。

剧场里的灯光暗了下来，射灯从上方打下明亮的黄光照亮了挂着幕布的舞台，扬声器里乐声大作，演出就要开始了。

马特猫腰站起，拍拍贝利的肩。"走吧，他们不盯着了，"他悄声说道，"咱们去找拜伦。"

他目光炯炯地看了我一眼。"祝我们好运吧，"他小声地说，"我们用得着。"

两个男孩悄悄走向过道。

2 魔术师曼度

两名骇人精飞快地移过来，挡住了过道，男孩们无奈地又回到了座位上，冲着前方的舞台直发愣。看得出来，他们真的是忧心忡忡。

魔术师曼度昂首阔步，走上舞台。他是个又圆又胖的小个子，秃头亮闪闪的，长着一只大大的鹰钩鼻。他的身上紧紧地箍着一件晚礼服，脖子上还挂着一只硕大的红色领结，身后披着紫色的长斗篷。

他深深地鞠了一躬，大家纷纷鼓掌。然后，他拿着一只鸡蛋，手一挥，鸡蛋就不见了。

接着，他从耳朵里掏出了两只蛋，一挥手，鸡蛋突然变成四只，再一挥手，蛋又全没了。

莎布丽娜向我靠过来，小声说："怪没劲的。"

"下面的表演你会喜欢的。"曼度高声说道。

莎布丽娜和我同时吃了一惊。他怎么会听到的？

曼度的助手是一位金发红唇的年轻女郎，穿着红黄两色闪闪发亮的演出服，推着一口热气腾腾的大锅走上舞台。

曼度在锅的上方挥了挥手，一只手握成空拳，另一只手从拳头里掏出了一只活蹦乱跳的兔子！

莎布丽娜和我使劲地拍巴掌，这个节目太好看了。贝利和马特眼睁睁地看着前方，但是心思根本不在表演上。

"下面是曼度首创的表演！"曼度高声宣布，"从来没有别的魔术师想到过！"

他一手托起那只兔子，另一只手做出伸进它嘴里的动作，结果，他从兔子的嘴巴里掏出一顶帽子来！

我笑得很大声。从兔子的嘴巴里掏帽子，这想法真有趣，嗯，肯定是首创的。

曼度再次深深鞠躬。挺直身子之后，他突然眼球外突，伸手掐着自己的脖子，发出咯咯的响声，像被噎住一样。

一些孩子大大地吸了一口冷气。观众席上鸦雀无声。

曼度将两根手指伸进嘴里——掏出了一只乒乓球。他继续发出咯咯咯的声音，又掏出一只乒乓球，然后一只一只地往外掏个不停。

很快，十几只乒乓球蹦蹦跶跶地在舞台上跳来跳去，全都是从曼度的嘴里掏出来的。

"曼度是个大嘴巴，"他说，"有谁想玩网球吗？"他嘴巴张得老大，从里面掏出了一只网球。

莎布丽娜推推我。"是从他袖子里面拿出来的。"她小声说。

"下面的表演你就看不穿啦！"曼度声音洪亮地说道。

他能听到莎布丽娜的悄悄话？

助手把一个大箱子滚上舞台，它看上去像一口立着的棺材。

"和我的助手罗兰达道别吧，"曼度说，"她就要永远地消失了！"

曼度打开箱盖，用手杖在四壁上敲打一气："实心的。"

他伸手示意助手到棺材里去。"再见，罗兰达，"他说，"太好了！"

罗兰达向观众挥手道别，然后一甩金色长发，走进了箱子里。曼度向她送出一个飞吻，关上了箱盖。

"我们再也见不着罗兰达了，"曼度说，"谁想当我的新助手？我每天都得找一个新助手！"

他取出一条黄色的毯子，把它裹在箱子上。"大家和我一起数！"他说着数了起来，"一……二……三！"

他从箱子上拿开毯子，随手甩到一边，然后抓住拉手——将箱盖拉开。

"空的！"他大叫一声。

一股黑烟喷出。

随着黑烟散去，曼度猛地大吃一惊。

一个黑头发的女孩站在箱子里，她身穿浅蓝色 T 恤和水洗牛仔裤，连连地摇头，一边还不停地眨着眼睛。

她走出箱子。

一片寂静降临在剧场之内。

随后，我看到贝利腾地站了起来。"我妹妹！"他吃惊地叫道，"辛娜！"

3 辛娜现身

"这……这是怎么回事,"曼度喃喃低语,看着那女孩,伸手擦去光头上的汗珠,"你是怎么……我是说……从哪里来的?"

这是在表演吗?我看不像。他又大张着嘴,愣愣地望向观众席,好像这才想起来还有一群人在下面看着。"谢谢!谢谢!"说完,他一溜烟地跑下舞台,连鞠躬都忘了。

剧场的门全都打开,观众退席了。我看到贝利和马特冲上舞台,向辛娜跑去。贝利还一把抱住了他的妹妹!"你回来了!我能看到你了!"他说道。

我想出去,游乐场里还有一百万个我想玩的项目呢,但是莎布丽娜却把我直往舞台上推:"我非搞清楚这些小孩是怎么回事不可。"

辛娜好像还没定下神来,有点儿搞不清状况。马特站在一旁看着她,脸上的神情像是活见鬼一样。

而贝利正在朝那可怜的姑娘连珠炮似的发问:"你到哪里去了?知道那是什么地方吗?看到布兰妮和莫莉了吗?

她们还好吗？有没有和她们说话？你是怎么回来的？"

辛娜在舞台边上坐上，手指不停地绕着一缕黑色的头发。"有点……有点记不清了。"她低低地说。

"那，仔细想想啊！"贝利催促着，和马特一起在她身旁蹲下。莎布丽娜和我在靠近第一排座位的地方看着他们。

"一开始，所有东西都变绿了，"辛娜说，"就好像罩着一层很浓的绿色的雾。然后我发现那是魔血。我被魔血吸了进去，还记得吗？"

我看着莎布丽娜。"魔血？"我低声地说，"怎么回事？"

"我全身都被那种黏胶罩住了，"辛娜说下去，"我……我把眼睛前面的拨开，这才能看见东西。"

"你在哪里？"贝利问道。

"好像，就在惊恐乐园里的什么地方，"辛娜答道，"是我们没去过的地方，我看了看周围，到处都很陌生。"

"你看到了什么？"马特问。

"一个很奇怪的旋转木马，"辛娜说，"上面的木马起火了，它们不是在燃烧，而是身上冒出火来。"

贝利向马特转过脸去，满脸的兴奋。"就是我们在镜片里看到的旋转木马！"他叫道。

"辛娜，"马特说，"你有没有看到布兰妮和莫莉骑在起火的木马上？"

她点点头："有，看到了，我向她们挥手，她们也向我挥手了。"

"跟她们说话了吗？"马特问。

辛娜摇了摇头。"我走不过去，"她说，"我向她们跑过去，但就是跑不到她们身边。我跑啊跑啊，可是旋转木马离我总有那么远，它不是真的——就像在梦里一样。"

"然后又怎样了？"马特问。

"一扇门在我面前打开了，不知道通向什么地方，"辛娜说，"我走进去，就到了这里，回来了！"

我看了看莎布丽娜。"肯定是她瞎编的，"我悄声说，"这肯定是惊恐乐园里搞的捉弄人的把戏，对不对？"

但那两个男孩一点笑模样都没有。"我们要在游乐园里找，找那座旋转木马，"马特说着，伸手把辛娜拉了起来，"来吧，如果找到拜伦，他会知道在哪儿的。"

"可是拜伦又在哪里呢？"辛娜问。

"几个骇人精把他抓走了，"贝利说，"可能把他藏在了这个剧院里。"

马特指了指剧场后部的一道蓝色的门。"那儿一定通向后台。"他说。

他小跑着过去，到了门边停下，向我和莎布丽娜转过身来。"跟我们一起来，快！"他喊道。

我摇了摇头。这些孩子叫我毛骨悚然，我可不想加入他们的游戏。鬼面具的影子在我脑中一闪，我打了个寒战。

"莎布丽娜和我才来不久，"我说，"我们还是去玩别的吧！"

莎布丽娜不满地看着我。"嘉丽·贝丝，你这是怎么了？这两个男孩可是很可爱的啊。"她小声地说道。

"我们在家还没被吓够吗？"我也小声地回了一句。

马特又回到舞台边，低头看着我们俩："你们是'特别嘉宾'，对不对？和我们一样？"

"对。"莎布丽娜说。

"这样的话，拜伦说过，我们全都有危险，"马特说，"也就是说你们也一样。"

"来嘛。"莎布丽娜说着把我拉上了舞台。

我们跟着他们走进了舞台上的门里，后面是一条又黑又长的走道，墙壁上结满了厚厚的蜘蛛网。我们走得很快，鞋子踩在水泥地面上发出很大的回声。

走到尽头，面前是两个房间。一个房间的门上有一颗很大的金色星星，这是化妆室。另一个房间上挂着牌子，上面写着"储藏室，闲人勿进"。

"喂？有人吗？"莎布丽娜扬声叫道。

没有人回答。

化妆室的门是开着的，我们向里面张望，看不到一个人。曼度的黑色高帽放在一张椅子上，手杖靠墙放着，化妆用的瓶瓶罐罐排列在镜子前面。

"到储藏室看看。"辛娜说着，拉开了房门。头顶上的一盏灯幽幽地亮了起来，我们全都挤进门里。

一阵扑棱棱的声音把我吓得一跳三尺："有人！"

马特指了指小窗户下的一个铁丝笼子。"曼度的鸽子。"他说道。

一个从地面一直伸到天花板的书架上塞满了魔术表演的道具，有塑料蛋、橡皮小鸡、假花、木头保龄球瓶、白手套，还有一副扑克牌和几条红蓝手帕。在架子的最顶部，一个骷髅头正朝我们咧嘴嬉笑。

曼度的礼服挂在木质的衣帽架上，一个袖口里伸出了一束假花。

"拜伦？"马特叫道，"你在吗？"

"这是在浪费时间，"贝利说，"来，走吧。"

大家转过身，正想往外走。

"慢着！等一下！"我叫了一声。

书架前面的地板上，有个东西吸引了我的注意。我弯腰将它拾起，原来是一个铜制的名牌。我将它高高举起，让大伙儿都看得到。

刻在上面的名字是拜伦。

4 寻找拜伦

马特将名牌从我手中拿走，仔细地看着。"拜伦来过这里。"他说。

"也许是他故意为我们留下的，"贝利说，"好让我们找到他，把他救出来。"

"但是下一步该怎么办呢？"辛娜问。

鸽子在笼子里扑扇着翅膀，发出轻柔的咕咕叫声，好像也兴奋了起来。

"等一下，这儿还有一点东西。"我伸手到书架的底下，那儿有一张折叠的纸露了出来。

"小心，"莎布丽娜说，"看上去很古老呢。"

纸已经泛黄，而且很脏，随着我将它展开，它在我手里沙沙作响。"肯定是旧的导游手册里的，"我说着将它举高，"看。"

纸上画的是一座白色的旋转木马，木马上喷出红色和橘色的火焰。

"就是那座旋转木马！"辛娜叫道，"我看到布兰妮和莫莉骑在上面！"

"可是它看上去很旧呢。"贝利说。

我仔细地看着图画。"木马旁边还有个广告牌，"我说，"纸已经破了，不过还能看得清。"

我把广告牌念给他们听："跨上火焰轮盘，感受强劲热力！"

"我敢说，这一定也是拜伦留给我们的，"马特说，"他希望我们去找这个旋转木马，他知道布兰妮和莫莉在那儿。"

"找起来应该不难。"莎布丽娜说。

"咱们走吧，那布兰妮·科斯比说不定真的有危险。"辛娜说完，从我们身边抢过，大踏步地走进通道里。

马特从我手里取走那张旧图画，和贝利一起跟了上去。

我没别的办法，只能跟着他们一道走出幽灵剧院，来到明亮的阳光下。

游乐园里人头攒动，我们低下头，在"僵尸广场"的人缝里左钻右钻。一个不小心，我撞到了一个紫脸骇人精，他的胸口上挂着一只大大的铁皮箱。

他被我撞得连退几步，然后，他打开箱子，拿出一只类似热狗的东西。"免费的魔怪热狗！"他吆喝道，"免费的魔怪热狗！只要一块钱！"

他紧紧地看着我，两只眼睛一只棕一只黑："有一块钱吗，小姐？一块钱卖给你一只热狗。"

我看着小面包里夹的肉，它颜色灰褐，鼓鼓囊囊的。"魔怪热狗里夹的是什么？"我问道。

"如果你是一个狗狗爱好者，这个问题最好还是别问啦。"他答道。

我想他应该不是说真的吧，但懒得去弄明白了。大伙儿已经在前面走得老远，莎布丽娜正起劲地追在马特身后。

我快步跑过一家正面打着"文鼻"招牌的小摊，一个骇人精正靠在柜台上，手里拿着一根老长的文身针，鼻子上趴着一只文上去的蜘蛛。我还看到一个小一点的招牌，上面写着"眼球穿孔，现场制作"。

我看得笑了起来。我明白了！这儿所有的东西都是开玩笑的！莎布丽娜干吗要拉着我加入这些孩子的疯狂游戏呢？

我赶上去的时候，他们正对着一个大牌子仔细研究。我马上就看出来，那是一幅游乐园的导游图。

"这儿，"马特伸手一指，"这里列出了所有的游乐项目。"

我的眼睛在那长长的名单上扫过，其中一些映入眼帘：死亡滑梯……无底舟漂流……无绳蹦极……

马特闷闷不乐地摇了摇头。"没有火焰轮盘。"他喃喃地说。

"肯定有的，"辛娜说，"我看到过！"她从名单的第一项开始，一项一项地大声读了起来。

"也许是一个新开放的项目，"贝利说，"这里的游乐设施不停地关闭，又不停地开放，也许这个项目很久以前关掉了，最近才开放。"

"没错，"辛娜赞同说，"咱们到游乐区去找找吧，"她伸手一指，"大概在那个方向，在'分离地'的对面。"

他们又重新回到拥挤的僵尸广场里，我将莎布丽娜拉到一旁，问她："你真的想跟上去吗？"

"嗯……是的，"莎布丽娜答道，"嘉丽·贝丝，你这是怎么啦？怎么老想开溜？还有，为什么要对他们撒谎？为什么不告诉他们，你也经历过非常恐怖的事情？"

我耸耸肩。"只是还不信任他们，"我说，"在惊恐乐园，任何人、任何东西，你都不能相信。我来这儿不是为了解开女孩失踪之谜的，是来寻开心的，莎布丽娜，我要忘掉……"

莎布丽娜转了转身："他们上哪儿啦？他们挤进人群里就找不到啦！"

我正想回答——呼吸却骤然停顿。

我用手挡住明晃晃的阳光，盯着广场对面的一家商店，它的店名叫做"变脸"，是一家面具店。

我向橱窗望去，看到里面展示着十余张狰狞丑恶的面孔，绿莹莹的。

就在这些面孔当中……直勾勾地看着我……唯一盯着我看的……是那副鬼面具！

5 鬼面具

"不!"我大叫一声,抓住了莎布丽娜的手臂。

她吱哇乱叫,可能是我抓得太狠了。

我松开手,涩声说道:"莎布丽娜——你看!"

她也看到了。"嘉丽·贝丝,有什么大不了的?"她说着把我向小店拉去。

我用力向后挣。我再也不想跟鬼面具有什么牵连了。它怎么会跟着我来到惊恐乐园呢?

阳光刺得人几乎看不清东西,我再次用手挡在眼睛上,小店的橱窗在眼前清晰起来。

我看到了,不是那副鬼面具,是另一副绿色的恐怖面具,嘴巴大张着似乎在尖叫。

"我……我还以为……"我惊魂未定,嘴里干得话都说不出来了。

莎布丽娜翻了翻白眼。"我知道你在想什么,"她说,"你以为鬼面具又来了。镇定一点,嘉丽·贝丝,那副面具在腾波敦农场,被埋在马房外面的地底下了。"

我点了点头："嗯，我知道。不过……走吧，我得进去看看，不然不放心。"

我的心怦怦乱跳，但仍然鼓起勇气，向小店走去。

我们走进店里。这家店好小，墙上、货架上全是丑脸面具。

一个骇人精从柜台后面向我们迎来。她长长的黑发在脑后扎成了一束马尾辫，眼睛是浅黄色的，头顶伸出的一对弯角染成了粉红色。

"嗨，姑娘们，"她说，"想买面具吗？"

"只是看一看。"莎布丽娜说。

骇人精从墙上摘下一副毛茸茸的狼头面具。"这个你也许喜欢，嘉丽·贝丝。"她说道。

我大吃一惊："你知道我的名字？"

她点点头："你是特别嘉宾，对吗？"

她的语气叫我心里冒出一股凉气。

"戴上试试，"骇人精说着，把面具递给我们，"是新货呢，挺好玩的，是不是？知道是什么吗？吸血老鼠！看到它的獠牙了吗？"

我不想戴面具，但那个骇人精正热切地望着我们，我只好把它套在了头上。

好恶心，里面暖烘烘的，我觉得自己像披着人皮一样。外面的老鼠毛摸上去很像真的，我的心跳加快了。

我飞快地摘下它，交回到店主手里，然后帮莎布丽娜摘她头上的面具。

"面具很酷，"莎布丽娜摩挲着手里那只哭泣娃娃的面具，"感觉真的像摸着婴儿的皮肤，"她说，"怎么能做得这么逼真呢？"

骇人精微微一笑："这是个大秘密。"

满墙的丑脸盯着我，叫我心里直发毛。"莎布丽娜，咱们该走了。"我说。

我刚想转身，却又停住了，视线落在屋子最里面的一个东西上。

"去吧，去看看里屋，"骇人精说，"里面的东西更有趣。"

莎布丽娜和我走进里面的小房间。墙上挂满了面具，它们既不是妖怪也不是野兽，全都是孩子的脸。

"这有多可怕？"莎布丽娜低低地说。

我没有做声，只是盯着靠近天花板处的两张面具不放。

我用双手紧紧抓着柜台，心脏再次激烈地跳动起来。

"莎布丽娜——看上面。"我的声音细不可闻。

她看到了我紧盯着的面具。"那是布兰妮·科斯比。"她喃喃地说。

"没错,"我说,"那两张面具跟布兰妮和莫莉一模一样,就是镜子里那两个失踪的女孩。"

"可是……这不可能。"莎布丽娜说。

莎布丽娜和我紧靠在一起,站在那儿,抬头仰望两个失踪女孩的面具。

就在我们盯着看的当儿,女孩们的嘴唇嚅动起来,面具上的嘴唇一开一合。

两张嘴无声地吐出这样一句话:"下一个就是你……下一个就是你……"

6 骇人精的诡计

我失声惊叫。

"怎么啦?"店主出现在我们身后。

我指着那两张面具。"它们的嘴唇……"我说,"在动,面具在说话!"

骇人精摇了摇头。"看起来像说话而已,"她说,"看到了吗?窗户是打开的,风吹进来,吹得嘴唇上下颤动。"

我脑子里乱哄哄的。她说得不对,我知道,面具是在对我们说话,在警告我们。

面具好像在俯视着我们,嘴唇张开,面容阴沉沉的,很难看。

"这两副面具和我们见过的布兰妮·科斯比一模一样。"莎布丽娜说。

"真有意思,"骇人精说,"几天以前,就在这个星期,布兰妮·科斯比到过我的店里。她们说这两副面具跟自己很像,我倒不那么觉得。想戴上试试吗?"

我打了个冷战。"呃……不,不了,谢谢。"我结结巴巴地说着，拉了拉莎布丽娜，"咱们走吧。"

我们急急忙忙地从骇人精身边走过，穿过商店的前屋，来到街道上。

"欢迎下次光临，嘉丽·贝丝和莎布丽娜！"骇人精冲我们喊道。

一股寒意再次涌上心头。她怎么会知道我们的名字？

我和莎布丽娜慢步跑过广场，又经过了几家商店。我只想尽快远离那家面具店。

在一幅巨大的海报前我们停下了脚步，上面画着一群孩子在沙滩上惊叫着、嬉笑着，深深地陷进了沙子里。海报的底下写着："流沙海滩，随时恭候大驾！"

"一定要找到那几个人，"莎布丽娜说，"要把面具说的话告诉他们，提醒他们小心。"

我向广场上望了一圈，孩子和大人正拥向四面八方，每个人都玩得兴高采烈。

我叹了一口气。"莎布丽娜，要不我们还是找到我爸爸妈妈，然后回家吧，"我说，"要不……"

我听到有人在说话，于是立即住口。说话的人就在巨幅海报的另一面。

我把头朝海报背面伸过去，看到两个骇人精正靠在海报上，各拿一只老大的黑色冰激凌甜筒舔着吃。居然有黑色的冰激凌?!

其中一个高大壮硕，肌肉块块突起，一条红色的大手帕绕过犄角扎在头上。他的同伴是个瘦子，绿脸上布满紫色的斑点。

"还有很多重大的惊喜等着我们的特别嘉宾呢……对不对，马卡斯?"大个子说道。

我把头缩了回来，没让他们看到。他们说的是我们吗?

莎布丽娜想说什么，但被我一把捂住嘴巴，没能说出来。我们俩同时竖起了耳朵仔细听。

"没错，布巴，"瘦子答道，"他们还不知道接下来发生的事会有多恐怖。"

"会恐怖得多，马卡斯，"布巴说，"恐怖得多。"

"两个已经消失了，"马卡斯说，"我们还要料理余下的几个。"

"非得这么干不可呀……不是吗?"

莎布丽娜和我惊呆了。我的心激烈地跳着，后背紧紧地贴在海报上，跟莎布丽娜一动都不敢动，一直等到那两个骇人精走远。

"他……他们说的是我们，"我结巴地说道，"你听到他们说什么了吗?"

莎布丽娜咽了咽口水:"每个字都听到了。"

"我们确实应该警告其他的孩子,"我说,"你说得对,莎布丽娜,一定要让他们知道。那两个骇人精想让我们全体消失!"

7 夜探狼人村

我们决定先回"东倒西歪旅馆"，也许那些孩子已经回去了。

骇人精嘴里那句叫人心胆俱寒的话一直在我脑子里盘旋：

"两个已经消失了……我们还要料理余下的几个。"

为什么有人要伤害我们，想让我们从世上消失？他们对布兰妮和莫莉做了什么？为什么要把我们邀请到这儿来？

好多的疑问，我的头都快爆炸了！

"嘉丽·贝丝，我觉得方向好像走反了，"莎布丽娜说，"旅馆似乎在后面。"她伸手指了指。

前面出现了数间黄褐两色的小屋，在这些小屋的一侧是树木高耸的密林。一块招牌立在木桩上，写着"欢迎来到狼人村"。另外还有一个小一些的牌子，写的是"看好你的狼"。

我叫了起来："莎布丽娜，你看！那不是贝利、辛娜和马特吗？正往村子里走呢！"

我们跑上前去，一条窄窄的砖路伸进村子里。小屋的窗户全都是黑的，高大的树木投下浓黑的阴影，覆盖了一切，狼嚎从前方传来。

莎布丽娜和我停下脚步。一个孩子的影子都没有，是我眼花了吗？

村庄在树林边到了尽头，我们走进茂密的林子里，周围的一切都是凝滞的，每一棵树都默立不动。我们越走越深，走进这一片静默之中，随后，突然四面八方响起了一片狼嚎声。

两头大白狼踱上林中小道，它们张着嘴，舌头长长地伸出来，挂在尖利参差的牙齿外面。

"啊，天哪！"我低叫着退了一步。

狼压低头颅，冷冰冰的灰眼睛紧盯着我们，喉咙中发出声声嘶吼。

"它们……它们好像来者不善。"我轻声说道。

两头狼肩并肩，向我们踏近一步，行动中眼睛一眨不眨，冷酷的视线一直牢牢盯在我们身上。

"它们不会是真的狼，"莎布丽娜抓着我的手，低声说道，"这儿不可能让真的狼随便走动……是不是？"

我没有回答，那两只狼随时就要扑上来了。

一只手落在我的肩头，我吓得大叫一声。转过身去，眼前是一位面带微笑的骇人精。"别害怕，姑娘们，"她说，"天黑以前它们不咬人。"

她挥挥手，做出驱赶的动作，两只狼掉转头，缓缓跑进树林深处。

那骇人精朝它们的方向大步跑去。"祝你们在野狼森林玩得开心！"她扬声说道。

"等等——"我叫道，"我们怎么出去？"

树林里，她踩着厚厚的落叶，脚步声清晰可闻，但是她没有回答我的问题。

"没看到那几个孩子呀，"莎布丽娜说着，从头发上拍掉一条绿色毛毛虫，"什么孩子都没看到，咱们还是离开这儿吧。"

"我们好像是从这边来的。"我伸手指了指。天空中的太阳已经低了下去，林中落满长长的影子，很难分得清方向。

我们不声不响地走了一会儿，毛毛虫不停地从树上掉下来，有一只还落在我的额头上，黏糊糊的，被我抓下来了。莎布丽娜的肩膀上有两只，头发上还有一只。

"哇——"一只毛毛虫从背后掉进了我的 T 恤衫里面，

我哇哇大叫。

"应该找到路了呀,"莎布丽娜说,"我们可别迷路才好。"

"慢着,小房子不就在那边吗?"我说,"应该快要走出去了。"

我们顺着一条泥巴小路走出了树林。我错了,那些不是小屋,而是一个个巨大的铁笼子,笼子朝前的一面是一根根铁栏杆。

咆哮声、低沉的吼叫声从笼中传出。

莎布丽娜和我胆怯地互相靠近。"是……人!"莎布丽娜低声说道。

在暮色中,我看到蜷伏在笼子里的都是人,有些人双手紧握栏杆向我们呜呜叫。

他们穿着松松垮垮的褐色短裤,没穿上衣,也没穿鞋,他们的胸脯、后背……双臂和双腿,全都长满了粗黑的硬毛,就连脚上都是。

"演员,"莎布丽娜小声说,"一定是在游乐园里工作的演员。"

我不太肯定。

在惊恐乐园,有什么是真实的?什么东西可以相信,什么东西只是表面上可信？

一个男人昂起头，长长的毛发向后甩去，像狼一样仰天长嚎。其余众人随即纷纷用拳头猛砸铁栏。

我双手拢在嘴边，大声喊话："能帮帮我们吗？我们找不到出去的路了。"

他们仍然在号叫，捶打着栏杆，其中一个四肢着地，嘴里流出口涎。

离我们最近的笼子里，一个人猛地挺身站了起来，将脸凑到栏杆边。这时，我才发现，他的鼻子和嘴像狼一样长长地突起——和人不一样。

我尖声叫了起来。

他仰天大笑，发出狂野的带着兽性的笑声。

可怕的笑声让我身上泛起一阵又一阵的寒意。

"走吧，"莎布丽娜伸出两只手拉扯我，"我快被他们吓死了。"

我们转过身，离开那些号叫着、低吼着的笼中人。抬头看看越来越暗的天空，一轮苍白的满月已经挂在树梢。

"这边。"我拉着莎布丽娜走向另一条土路。

不知道我们在树林里到底走了多久，仿佛有好几个小时。

我们一边顺着小路走，一边放声大叫，寻求帮助，但是一点回应都没有。

"怎么会这样，"莎布丽娜从脸上抓走一条毛虫，嘟嘟囔囔地说，"游乐园本来应该很好玩的呀！"

"莎布丽娜——你瞧！"我叫了起来。小路的尽头，出现了高高的铁丝网。

我拉着她向那边走去。"我们已经走出树林啦，看——有门！"

心激动地跳着，我用手背抹去前额上的汗水。出去的门！我太高兴了。

我们甩开大步，在泥地上跑起来。莎布丽娜抢先到达门边，她伸手推门，然后加了点力气再推，想把门推开。

这时我才看到，门上有锁，一把长长的银色挂锁。

"门锁了。"我叹着气，两只膝盖突然直发软，"我们……我们被困在林子里了。"

一股怒气涌上心头，我抓着门用力晃，然而，不用说，还是打不开。

"嘿！"我恨恨地大叫一声，转过身去。

满月已经变成浅黄色，狼嚎此起彼伏，在周围响成一片。

"得想办法找到别的出路，"莎布丽娜的声音控制不住地发着抖，"听那些狼的叫声，好像它们肚子很饿的样子，我……我觉得它是真的狼！我们……我们可不能在这儿过夜。"

"顺着铁丝网走，"我说，"会走出去的，我……"

窸窸窣窣的脚步声从林中传来，伴着树叶摩擦和折断的声响，越走越近。

随着一声掠食的暴吼，一条黑影从林中跃出，向我们当头扑下。我和莎布丽娜魂飞魄散，同时放声尖叫……

4号
惊恐
档案

畅游
惊恐乐园?!

幽灵剧院

请准备好观赏下一年度的
灵异事件和精彩评论！
请不要在观众席上发出嘘声！

10月31日：
年度南瓜美食节

一年开始于万圣节！午夜时分，和我们一起享用
新鲜南瓜蛋糕、南瓜子汤，还有南瓜糖。如何制
作南瓜糖？从屋顶上把它扔下去！

11月9日—11月16日：

隐形蜘蛛之舞

你从未见过的百只蜘蛛集体舞，空前绝后！

11月27日：
"吃掉一切"火鸡晚宴

让我们的火鸡放开肚皮尽情大吃吧——不然的
话，你将是下一个被它们吞掉的家伙。

宠物店

4号
地图

↙ 连接到1号地图 ↘

Goosebumps™

鸡皮疙瘩 系列丛书

经典系列
升级版

★超级悬念大师R.L.斯坦巅峰之作，全球销量已超过3.5亿册
★曾创吉尼斯世界纪录童书畅销书之最，被译为32种文字

已出版图书
敬请关注

桂图登字:20－2008－015

图书在版编目（CIP）数据

网购魔血·面具尖叫/（美）斯坦（Stine，R.L.）著；叶芋译. —南宁：接力出版社，2009.9
（鸡皮疙瘩. 惊恐乐园系列）
书名原文：Monster Blood for Breakfast! · The Scream of the Haunted Mask

ISBN 978-7-5448-0938-2

Ⅰ.网… Ⅱ.①斯…②叶… Ⅲ.儿童文学-长篇小说-美国-现代 Ⅳ.I712.84

中国版本图书馆CIP数据核字（2009）第151820号

总策划：白　冰　黄　俭　黄集伟　郭树坤
责任编辑：张蓓蓓　　　美术编辑：郭树坤　卢　强
责任校对：张弘弛　　　责任监印：刘　元
版权联络：朱晓卉　　　媒介主理：常晓武　马　婕

社长：黄　俭　　　总编辑：白　冰
出版发行：接力出版社
社址：广西南宁市园湖南路9号　　邮编：530022
电话：0771-5863339（发行部）　　010-65545240（发行部）
传真：0771-5863291（发行部）　　010-65545210（发行部）
网址：http://www.jielibeijing.com　http://www.jielibook.com
E-mail:jielipub@public.nn.gx.cn

印制：大厂聚鑫印刷有限责任公司
开本：800毫米×1130毫米　1/32
印张：9.875　　字数：182千字
版次：2009年11月第1版　印次：2010年3月第2次印刷
印数：30 001—50 000册
定价：18.00元